回想のすすめ

豊潤な記憶の海へ

五木寛之
作家

695
中公新書ラクレ

回想のすすめ◎目次

第三章　回想・一期一会の人びと（抄）　51

本文ＤＴＰ／市川真樹子

回想のすすめ

豊潤な記憶の海へ

第一章　回想の力を信じて

このところほとんど外出しなくなった。コロナウイルスの流行のせいである。それまで毎日、仕事の関係者と会ったり、月に何度かは各地の催しに顔を出したりしていた。外へ出て、人と会って、動き回るのが健康法と勝手に思っていたのだ。

ステイホームと言われて室内にこもっていても、することがない。音楽を聴くとか、読書をするとか、そんなことはもう飽きた。音楽は大勢で聴いたほうが楽しいし、本を読んでも、語り合う仲間がいなくてはつまらない。室内で筋トレをやる歳でもないだろう。テレビをつけても各局、同じニュースばかりやっている。

気の早いジャーナリズムは、ポスト・コロナとかいって騒いでいるが、しかしパンデミックは台風ではない。通り過ぎれば後は青空、という具合にはいかないのだ。押したり引いたりの長期戦がしばらくは続くのではあるまいか。

そう簡単に明日は見えないだろうと思う。いかなる専門家といえども、未来の予測はほとんど外れる。希望というバイアスが必ず作用するからである。

要するにいま私たちは、先の見えない時代の入口に立っているということだ。

有名なオルテガ・イ・ガセットの『大衆の反逆』の新訳がさきごろ、岩波文庫から出た（佐々木孝訳／宇野重規解説）。〈訳者あとがきに代えて〉という佐々木淳氏の文章が感動的で、つい再読してしまった。父親にあたる訳者への回想をまじえた〈あとがき〉だが、とても人間味の感じられるいい文章なのだ。回想の力、という言葉をふと思い浮かべることになった。明日を考えるより、きのうをふり返ることのほうが、いまは大切なのかもしれないと感じたのである。

『大衆の反逆』は、よくいわれるような大衆社会批判とか、反ポピュリズム論などではない。新しい文庫本のページをめくりながら、ふといろんな人のことを思い出してしまった。一冊の本は回想の依《よ》り代《しろ》のようなものだ。一行の文章から次々に過去の出来事が浮かびあがってくるのである。ページをめくるのも忘れて、そんな古い記憶に思う存分ひたることができるというのも、コロナの功徳《くどく》といえるかもしれない。

回想というのは、過去を思い返すこと、とされている。しかし、それはいわゆる「思い出」にふけることとは、どこかちがうような気がするのはなぜだろう。『おもいで酒』などという昭和の歌謡曲もあったりして、思い出にはどこか湿っぽい気配がただよう。うらぶれた場末のスナックの片隅で、水割りなどをチビチビやりながら「むかしは良かった」とか、感傷にふける感じもある。

しかし、回想というのは、むしろ積極的な行為ではないかと私は思う。古い記憶の海に沈潜するのではない。なにかをそこに発見しようとする行為だからだ。人はだれでも豊穣な記憶の海をもっている。広く、深い記憶の集積のなかから、いま現在とつながる回路を手探りする「記憶の旅」が回想の本質だ。

自分個人の体験をふり返るだけではない。過去の知識を呼びさますことも回想の大きなはたらきである。世界的な新型コロナウイルスの猖獗《しょうけつ》のなかで、さかんに語られたのも十四世紀のペストの大流行だった。また、第一次世界大戦当時のスペイン風邪のパンデミックも、繰り返しとりあげられた。考えてみると厄災の記憶というのも、歴史的な回想のことかもしれない。

昭和ヒトケタ生まれの私には、スペイン風邪の記憶はない。五五〇〇万人くらいの当時の日本人のうち、四〇万人あまりが死亡したという数字に目をみはるだけである。しかし偶然に入手した一枚の写真が、私の回想にリアルな衝撃をあたえた。それはスペイン風邪がこの国を席巻した当時に撮影された古いスナップである。

着物姿の女性たちが長い行列を作っている。頭に手拭いをかぶったり、鉢巻きをしめたりした婦人たちである。幼な子を抱いた人もおり、子どもの手を引いた婦人もいる。みすぼらしい身なりで、当時の婦人労働者たちだろうと想像できる。

だれもが疲れはて、目には光がない。その長い長い行列が何のためのものかはわからない。検査を受ける行列なのか、それとも治療を求めるためのものか、説明がないので想像するしかないが、その写真から伝わってくるのは知識としてのスペイン風邪の記録ではなく、なまなましい事実のリアリティーだ。

その一枚の写真から広がってくる想像は、数字とはくらべものにならないほど大きい。一九一八年、一九年当時の日本列島の空気がまざまざと感じられるからである。

時代を回想する。そのことで現在の自分のおかれた状況が逆光に照らされるように見えてくるのだ。

自分でいうのも気恥ずかしいが、私はどちらかというと逆風のほうが得手《えて》な人間である。追い風のときは、なんだか足もとがふらついて、自分でも後から恥ずかしくなるような振る舞いをしていることが多い。

九州の田舎から上京して大学生活をはじめた頃もそうだった。いま思い出すと笑いがこみあげてくる。東京に着いたその日から、その晩、泊るあてさえなかったのだ。はじめて足を踏み入れた大学の片隅で、深夜、階段の隅にうずくまっていたら警備員に追い出されてしまった。学生証を見せても相手にされない。大学周辺を歩き回っていたら、小高い場所に神社があった。床下が空いていて、雨露をしのぐには十分そうである。二礼二拍手一礼してそこにもぐりこみ、三晩ほどお世話になった。今でいうならさしずめホームレス大学生だ。

バイト生活がいきづまると、京成電車に乗って製薬会社に血を売りにいく。四〇〇cc抜くと、四、五日は食べられる。代金と一緒に牛乳を一本くれるのが有難かった。赤い血と引き換えに白い牛乳を飲む。なにか変な感じだった。どうしようもなく困ったときは、ダブルで抜く。白衣を着た係の女の人がジロリとサンプルを見て、

「お兄さん、比重が足りないね」

などと言う。帰りに外食券食堂でカレーライスの大盛りを自分におごる。そんな暮しが少しも気にならなかったのである。

あれは何だったのだろう、と思う。若さだけではない。後で気付いて納得したのだが、たぶん「回想の力」とでもいうものが支えてくれていたのではあるまいか。

苦労話みたいで気がひけるが、私は一九四五年の夏に、北朝鮮の平壌で敗戦をむかえた。いまのピョンヤンである。中学一年のときだ。

九月にソ連軍がはいってきて、私たち日本人は難民となった。それからの生活は、いま思えば嘘《うそ》のような日々の連続だった。旧満州からの避難民と一緒にセメント工場の倉庫に暮した。延吉熱と呼ばれた発疹チフスのクラスター（感染集団）が発生し、大変だった。母が亡くなり、父親は虚脱状態だった。弟と妹を食べさせなければならない。日本人の赤ん坊は人気があり、食糧と引き換えに手放す母親もいた。チフスで親子共倒れ

になるより、そのほうがいいと考えたのだろう。

一箇のジャガイモを何人もの大人と奪い合ったことがある。体力にまさる連中に圧倒されていつか殺してやると思ったものだった。

発疹チフスは虱《しらみ》が媒介する。シラミといっても最近の若い人には通じないだろう。なけなしの血を吸って、プクプクふくらんだ虱を爪でつぶすと、プチッと音がして爪が赤くそまる。ウイルスのように見えない敵と戦うのではないだけ恐怖感はなかった。

その頃のことが、いまでも記憶に残っていて離れない。どんなにみじめな時でも、苦しい時でも、その当時のことを思い出すと、なんでもないように感じられるのだ。回想の力、というものがある。私はその力によって支えられてきたのかもしれない。

辛かった時代のことを思い出すのは、すこしも辛くない。今はすでにそこをくぐり抜けてきているからである。

〈あの時にくらべれば——〉

と、追い込まれた時に思うことができるのは有難いことだ。辛いときにはもっとも辛かった日々のことを回想する。苦しくてたまらないときには、これまでいちばん苦しかったときのことを思い返す。

現代人の最大の敵はストレスだといわれる。癌《がん》の原因の一つにもストレスがあげられている。ストレスを避けよ、という声は私たちの周囲にみちあふれているが、ではどうストレスを克服するかについては的確な答えはない。

そういうとき私は、過去の記憶のなかから何ともいえず嬉《うれ》しかったこと、幸せだった瞬間のことを回想することにしている。どんな人にでも、そんな楽しかった日々の記憶の一つや二つはあるものだ。記憶の海にもぐって、手探りでそれをさがす。回想の糸は自分でたぐらなくては訪れてはこない。

涙がでそうになるほどおかしな失敗の記憶がある。思い出すたびに胸が熱くなるような体験もある。回想は力だ。どうしようもない閉塞感から抜けだすヒントでもある。

人間は誰でも苦い思い出と同じくらいプラスの思い出の量をもっている。それを掘りおこして、まざまざと実感することをしなければ、いつか記憶は錆《さ》びついて呼びおこすことが難しくなってくる。

ストレスは未来への不安から生じるものだ。「なんとかなる」「これまでなんとかなった」という実感を回想することで、ストレスは軽くなっていくものだ。それは過去の栄光や成功体験に沈潜することではない。回想の力とでもいうべき心の状態をつくりだすことが大事なのである。うしろを振り返ることで前へ進むエネルギーを生みだす。ストレスを正面から超えようとしても無理なのだ。

長い時間をかけて回想する必要はない。一瞬のうちに記憶が早送りで流れることもある。

人は誰でも数々の回想の引き出しをもっている。ほとんど無限といっていい膨大な数の引き出しだ。そこには無数の記憶がつまっている。

しかし、その引き出しを開けたり閉めたりすることを怠って放っておいたのでは、錆びついてしまって、いざ引き出しを開けようとしてもなかなかうまくいかない。なかには押しても引いても開かずの引き出しになってしまっているものもある。

第三章に登場するミック・ジャガーやモハメド・アリ、川端康成などの人びとについても、いまはちがう世界のできごとのようにしか思えないのだ。

戦後七十余年の年月が流れ去った。いまでは実際に戦争の記憶を実際の体験としておぼえている人は少ない。あと一〇年もすれば、思い出としてみずからの実体験を語ることができる世代はいなくなってしまっているのではないか。

さらに、一般に高齢者の昔話は嫌われることが多い。

「おじいちゃん、その話はもう百遍も聞いたわよ。次はこうなって、そして最後はこうなるのよね」

などと孫娘に笑われたりするのが落ちだろう。千篇一律のお定まりの話は、だれしも退屈なものなのだ。まして自慢話めいた懐旧談など誰も聞きたくはないのである。

それは、語る側にも問題があると私は思っている。くり返し同じ話を聞かされるのは私もごめんだ。何を話すかは、その時の場の状況に応じて選択しなければならない。いつも同じ視点からの懐旧談は退屈でしかない。視点を変え、話の構成を工夫する必要がある。必ず新しいエピソードを挿入し、ときにユーモアを忘れない。そんなふうに努力して語られる思い出話は、決して退屈ではないはずだ。

回想の引き出しは無数にある。そして、それを利用しないで放っておくと錆びついて開かなくなる。中にある記憶にもカビが生えてしまう。

私たちは大英博物館よりも巨大な、無数の記憶のコレクションを持っている。未来だけが人生ではない。過去もまた自分の人生だ。明日を夢見ることと同様に、きのうを振り返ることが重要なのである。

たとえ聞いてくれる相手がいなくとも、自分の過去をふり返り、回想の海に身をまかせることは、かけがえのない人生のハーベスト・タイムなのだ。「トゥゲザー・アンド・アローン」という言葉がある。しかし、いま私たちがめざすべきは回想のなかでの「アローン・アンド・トゥゲザー」の世界なのではないだろうか。ステイ・ホームの時代にこそ回想が大きな力となりうるのだ。

第二章　回想の森をめぐって

歴史とは時代の回想である

最近、物忘れがひどくなってきた。ことに人の名前がなかなか思い出せない。先日も会話のなかで、アンジェイ・ワイダ監督の名前が出てこなくて苦労した。雑談相手の編集者が得意気に、

「アンジェイ・ワイダの名前ぐらいは憶《おぼ》えといてくださいよ。学生時代にあの映画を見た思い出を、自分でお書きになっていたじゃありませんか」

「うーん、あの映画って、どの作品だったっけ？」

「えっ、自分で書いておいて忘れてしまったんですか。あれですよ、あれ」

「あれ、って、どの作品のことだい」

「うーん、あれですよ、アンジェイ・ワイダの代表作、ほら、有名な――」

「有名な、なに？」

「えーと、なんだったっけ、うーん、ここまで出てきてるんだけど、例のサングラスの男が――」

「わかってるよ。こっちもポスターの絵柄まで浮かんでるんだ。マチェックとかいう役じゃなかったのかな」

「参ったなあ。あんなに有名な作品だのに」

「お互いさまだね。あ、思い出した！　『灰とダイヤモンド』だ！」

「あ、それ、それ！　ぼくもいま言おうとしたところで」

　定年を間近かに控えた編集者も照れくさそうに頭をかく。

　こんなシーンが最近やたらと多くなってきた。

　人の名前が出てこないのは、わりとありふれた現象である。必ずしもボケの始まりとはいえないと専門家は言うが、その前駆症状にはちがいないだろう。

　体力、気力の衰えは自然現象だが、脳力の低下には個人差がある。長寿社会に生きていて、いちばん気になるのはその点だ。まして文筆業にたずさわっている身としては、ボケては仕事にならない。

はたしてボケは自覚できるものなのだろうか。足腰の衰えは納得できるし、それなりに対策を講じる手もないわけではない。スクワットをやって筋力を維持しようとする人もいれば、ウォーキングやジョギングにはげむ人もいる。

しかし、体力はともかく、脳力の低下は一体どうすればいいのか。それが問題だ。最近よく聞く言葉にフレイルというのがある。高齢者の筋力や体力が落ちて、日常生活に支障をきたすほどに衰えが出てくることをいうらしい。

体力の衰えは自然の理である。しかし、少しでも防ぎたいのは、知力、脳力の衰えだろう。ボケとまではいかずとも、周囲の会話についていけないような状態にはなりたくない。おそらく誰もがそう思っていることではあるまいか。

アルツハイマー病やボケに効果のある薬品は、まだ決定的なものは出ていない。メンタルを整えるという対処法があれこれ話題になるくらいのものだ。

体力はともかく、アタマを健全に維持するためにはどうすればいいのか。アルツハイマー病の予防や治療法としては、箱庭療法とか回想療法などが提唱されているが、決定的なエビデンスはない。

クロスワードパズルを熱心にやる人がいる。麻雀とかポーカーが良いという人もいる。昔はよく、手の中にクルミの実を握ってカチカチいわせている紳士がいたものだ。あれも手の運動を常時やっていることで脳力を維持しようという努力だったらしい。

私が勝手に考えているのは、古い昔の記憶を思い返すことである。一種の回想療法ともいえるが、必ずしもボケ予防のためというわけではない。

記憶とは不思議なもので、つい昨日のことを憶えていないのに十年前、二十年前の出来事をまざまざと思い浮かべることもある。

今朝、なにを食べたっけ？　と一瞬、戸惑うこともあるのに、子どもの頃の食事をありありと思い出したりもする。

人生後半の生き甲斐は、明日を夢見るのではなく、昨日を振り返ることだ、と私はずっと言い続けてきた。

昨日を振り返るとは、過去に逃避することではない。歴史とは時代の回想ではないか。

歴史に関心のない社会には、未来を夢見る資格がない。

若い人たちは明日に思いをはせるべきだ。そして人生後半にさしかかった世代は、過去を振り返り、未来への足固めをする。

歴史とは時代の回想である。私たち日本人は、昭和、平成の二世代にわたって、明治を熱く回想してきた。そのことによって高度成長をなしとげたのだ。令和の今日、私たちの最大のテーマは昭和の検証、平成の点検である。私はいま、昭和という時代にクールな視線を注ぐべきだと思っている。歴史は回想なのだ。

過去を回想するのは高齢者の特権

未来は回想によって予見される。過去をふり返らない者に明日はない。

しかし、人は成長期には背後を見ようとはしないものだ。一直線に未来への夢を追い続ける。例外はあっても、それが普通の成長期というものだろう。

過去を回想するのは、高齢者の特権である。若いうちに回想しようとつとめても、幼年期や少年期の思い出をよびさますしか道はない。また、高齢者にも未来はある。究極の明日といえば老いと死の問題だ。死を考えるのは人間の特権ではないだろうか。予感することはできても、それについて思索することは人間の特権かもしれない。

回想といえば、すぐに思い出、と短絡的に連想する向きもあるだろう。思い出、という表現にはどこか感傷的なわびしげな気配がある。

しかし、そういう回想は、回想のごく一部でしかないだろう。私のイメージする回想とは、それとはちがうダイナミックな記憶だ。

たとえば、戦争。

戦後七十余年をへて、いまや戦争を語る声はほとんど聞かれなくなった。北方領土に関して、ひさびさに戦争という言葉が使われたくらいのものだ。

しかし、戦争の記憶は、回想されなければならない。それは検証ではない。時代の検証といえば、統計であったり年表であったりする。私の言う戦争の回想とは、そういう整理された知識ではない。

たとえば戦争の時代、昭和の十年代にはどのような本が読まれ、どのようなラジオ番組が聴かれていたのか。うたわれていた歌は？　学校の教科書は？　どんな遊びがあり、どのような行事があったのか。その頃の映画作品をどのように観たのか。

私は戦時中に父親につれられて競馬場に行った記憶がある。当時の平壌《ピョンヤン》の競馬場はどんな光景で、どんな人々が集まっていたのか。その頃の人気馬はどういう馬だったのか。競馬はいつ頃までやっていたのか。いつ廃止されたのか。当時の隣組はどんな組織だったのか。国防婦人会や愛国婦人会の活動はどのようなものであったのか、語られないことは山のようにある。それが歴史だ。

思い出が「見えない歴史」を作る

回想にふけるというのは、イメージとは反対に、積極的な行為である。それは個人の歴史をふり返るだけではない。

私たちは常に一つの時代を生きてきた。自分の過去を思い返すことは、当然ながらその時代を検証することでもあるからだ。

私は世にいう「歴史」というものに、ずっと疑問を抱いてきた。昭和史という。現代史という。しかし、自分が生きた時代の実感とかけはなれた記述のような気がするからだ。

たとえば昭和の前半、敗戦を迎えるまでの日々に私たちはどんな歌をうたっていたのか。

私の記憶にふっと浮んでくる一つの歌がある。歌というより唄と書いたほうがいいのかもしれない。


〽朝鮮と、（ヨイショ）支那の境のアノ鴨緑江

という小唄のような文句だ。たしか「鴨緑江節《おうりょっこうぶし》」とかいったような気がする。

鴨緑江は北朝鮮と中国の国境を流れる大河である。白頭山に発して海へ注ぐ。

ここに戦中、巨大なダムが建設された。有名な水豊《スフン》ダムである。

東洋一とか称されたこの水豊ダムは、当時のわが国の技術の粋をつくして建設された画期的なダムといわれた。

旧満鉄の特急「あじあ号」が、戦後の新幹線に生まれ変わったように、あの黒部ダム

もこの水豊ダムの血脈を引いていると言っていい。

満州は戦後の日本にそっくり再建されたというのが私の勝手な意見である。私の父親は学校の教師だった。仲間が集まると宴会に必ずこの唄が出た。当時の植民地経営のロマンチシズムは、このような唄にもしみついていたと言っていい。

軍歌や戦意昂揚歌だけが私たちの周囲にあふれていたわけではない。生活のあらゆる細部に歌があり、それはすべて当時の風潮を反映していた。

それらの歌を集めれば、昭和万葉集とでもいえるアンソロジーができるだろう。いま年表や現代史に記録されているのは、それらの歌のほんの氷山の一角にすぎない。

歴史とは感情の堆積でもある。深層海流のように深く大きな国民感情の流れというものがある。私たちは丹念な回想によってしかその深部に触れることはできない。個人的な思い出が見えない歴史を作るのだ。回想とは、そこに触れる積極的な行為でもある。

回想を忘れた現代人

いま私たちの世界は、ほとんど回想することを忘れているかのように思われる。戦後七十余年、最近は戦前、戦中、戦後の記憶さえ回想されることが少ない。そのことを言うと、

「そんなことはないんじゃないですか。たとえば岩波新書の『独ソ戦』や中公新書の『日本軍兵士』などが大きな話題になりました。決して戦前、戦中、戦後への関心が薄れているとは言えないでしょう」

と、反論する若い人もいる。たしかにそういった現象はある。また戦争に関する論評も決して少なくない。

しかし、戦争というのは戦地で兵士たちが戦うことだけではない。近代の戦争は総力戦だ。その被害も兵士たちだけではなく、国民すべてが背おわなければならないのだ。兵士たちだけの戦争でない戦争、その体験はこれまでにも語られてこなかったわけではない。しかし、私の実感からいえば、引揚げという問題ひとつにしても、ごく表面的にしか話題になっていないように思われる。

たとえば南方、大陸、半島、その他の諸島からの引揚げは、さまざまな差異があった。

しかも国内での政治的判断によって、外地在留民の帰国が故意に延期された事実もある。

敗戦後の厳しい現実のもとで、これ以上内地に帰国者を受け入れるのは難しいという政府の意向もあったらしい。

そのあたりの事実は、ほとんどあきらかにされてはいない。

戦前はもとより、戦中、戦後の体験者たちは次々と世を去りつつある。実体験としてそれを語れる人がいなくなってしまうと、後は資料で研究するしか方法はない。

実体験と調査資料の間には、大きな落差がある。生きた証人の言葉が聞けなくなり、ペーパーを通してしか事実を知りえなくなってしまうだろう。

悲惨な体験は語りたくないものだ。それを忘れよう、忘れようと努力した日々の重さもある。私自身がそうだった。

人は忘れようとして忘れることのできない記憶もあるが、その反対もある。回想の回路を断てば記憶は消える。そして二度ともどってくることはない。

いま私たちに迫られているのは、昭和という時代の記憶を呼びさますことである。そしてそれを次世代に伝えなければならない。回想が前向きの行為だというのは、そのためなのだ。

モノには思い出が詰まっている

「断捨離《だんしゃり》」という言葉が一時、大流行したことがあった。

要するに不要なものを捨てようというすすめである。これが大きな反響を呼んだのは、人びとがモノに埋没してウンザリしているからだけではあるまい。禅寺の修行僧のように簡素に生きたいという願望だけでもないだろう。

不要なモノに支配される暮らしから脱却して、新しい生活を築こうという思想が背後に感じられたからだと思う。

その意味で〈断捨離〉には一つの思想があった。だれもが今の自分の生活を改めたいという潜在的な願望を抱いているのだ。

私自身の周囲を見回してみると、まさに不要品やゴミの山である。印刷物からはじまって、衣類や電気製品、記念品、道具、その他のモノたちがあらゆる空間を占有している。足の踏み場もない、というのは、まさにこのことだろう。

古い品々は今後、ふたたび使用することなど決してありえないものばかりなのだ。写真類だけで引き出し十段分以上ある。雑誌、本、書類、その他まったく取り出して再読する当てのないものが天井まで積みあげられている。

私がふだんはいている靴は、三足をこえない。それにもかかわらず、一九五〇年代に購入した古靴にはじまって現在まで、およそ百足以上の靴が山積みになっている。鞄《かばん》、トランク、その他も壁際にぎっしり重なっている。

これらをすべて一挙に捨ててしまえば、どれほどすっきりすることか。毎日のようにそのことを考え、そして諦めるのだ。

すでに超高齢者となった今、将来どれほど幸運に恵まれようとこの世に存在できるのはあと数年かもしれないのだ。それにもかかわらず、なぜモノが捨てられないのか。

年を重ねれば、知人、友人たちも少なくなってくる。仕事の範囲も狭くなり、新しい人脈をつくる気もない。

そんな孤独に生きる人間にとって、それらの身辺のガラクタは、いわば人生の伴侶だからではないか。

靴一足にも、古いバッグ一つにも、むかし学生の頃に購入した古本一冊にも、さまざまな思い出がつまっているのだ。私は回想ということを、老年の大事な営みの一つとして挙げている。思い出にひたることは、決してうしろ向きの消極的な生き方ではないと考えるのだ。

回想の引き出しをあけて

モノはしょせんモノに過ぎない。

とはいうものの、そのモノにまつわる記憶は捨てがたい財産である。高齢者にとって絶対の資産は、はたして金銭だろうか。それとも不動産だろうか。

年をとって貧しいことほど辛いことはない。しかし、なんとか食っていける程度の経済的余裕があれば、それで幸せかといえば即答できないところがある。

人間にとって食っていくこと、寝る場所があることは最低の条件である。しかし、その気になれば孤独のうちに生きることは、それほど困難なことではない。

老人にとっては、時間の流れは若い時にくらべるとはるかに緩慢だ。高齢に達すると一日が早く過ぎるというのは誤解だろう。一月、そして一年が耐え難いほどに長く感じられるものなのだ。

その耐えがたい無為の時間を、生き生きと活性化してくれるものは、過去の記憶だろう。過ぎし日のさまざまな記憶のなかから、楽しかった日々、幸せだった年月をふり返ることは高齢者の特権ではあるまいか。

思い出にひたるということは、一般的には、うしろ向きのわびしい行為のように思われているようだ。

しかし、回想こそは個人にとって決して失うことのない貴重な資産ではないのか。インフレーションで失われることもない。国家権力によって奪われることもない。時とともに色あせるどころか、むしろ色鮮やかに立ち上ることもある。長く生きたことで、若い人たちよりはるかに多くの蓄積があるのだ。その回想の引き出しをあけて、独り過去の歳月をふり返る時間は、誰にも侵すことのできない個人の黄金の時間である。体験は一時のできごとに過ぎない。しかし、その記憶ははるかにながく私たちの内面に生き続ける。

くり返し同じ話をするのは老人の欠点のように言われるが、そうではない。一度より二度、二度より三度と、その都度ディティールは変化する。変化というより深化するといったほうがいいだろう。

新たな交遊を作るのもいい。趣味を広げるのも悪くはない。しかし、個の内面に独り沈潜して、回想を嚙《か》みしめることを軽視するのはまちがっている。それは誰にも制約されない年を重ねた人間の特権ではあるまいか。

記憶は無尽蔵の資産

現代の「3K」は、「健康」「金」「孤独」の三つだろう。いま人々はこの三つに怯《おび》えているように思う。

不安な時代だ。寿命が延び「人生一〇〇年時代」ともいわれるが、長い時間を生きることができる反面、先が見通せなくなっている。

この先、株価や不動産の価値がどうなるか、誰にも正確な予測は立てられないし、大きな病気でもすれば、高額の治療費がかかり、個人の貯金なんて一挙に吹っ飛んでしまうかもしれない。

ところが、そうした不安な時代にあっても変わらない資産がある。それは人間の記憶、一人ひとりの頭の中にある無尽蔵の思い出だ。年齢を重ねれば重ねるほど、思い出は増えていく。株価や現金と違い、記憶という資産は減ることはない。高齢者ほど自分の頭の中に無尽蔵の資産があり、その資産をもとに無限の空想、回想の荒野のなかに身を浸すことができる。これは人生においてとても豊かな時間なのではないだろうか。最近しきりに思うのは、回想ほど贅沢なものはないということだ。

過去の記憶を呼び覚まし、周囲の人びとに語って聞かせるたびに、少しずつその記憶は明瞭になり、豊かになっていく。こうした作業を私は「思い出を磨く」と表現している。そんなふうに思い出話を掘り起こしているうちに、そこから連鎖反応のようにほかの記憶も呼び覚まされ、忘れていたことをさらに思い出すということもあるだろう。
長く生きてきた人々の頭の中には、無限の思い出が詰まっている。この大きな鉱脈をほったらかしにしているのは、いかにももったいない。これが私の回想をめぐる長年の持論だった。

過去の記憶の中には、「ああ、あのときは本当に幸せだった」という素晴らしい思い出もあるだろう。もちろんつらい記憶も山ほどあるにちがいない。しかし、実際にはそのつらいことを通過し、いまを生きているのだから、それはすでに乗り越えたことなのである。つらい記憶だからと封印しても構わないけれど、むしろ、あんなつらいことがあったのに、何とかクリアして今日まで生きて来られたのだから、幸運だったな、と前向きにとらえるために思い返す道もあるのではないか。

家族は核家族化し、もはや日本全国の世帯の三五％が独居の時代である。大家族の中に暮らさない高齢者も増えていて、また、大家族の中にあってもそれぞれバラバラに過ごすライフスタイルも増えているようだ。独りで図書館に行って新聞を読んで時間を過ごす高齢者も少なくないらしい。しかし、独りでいることが不安であるとか、耐えられないといったように感じているなら、それは私は違うのではないかと思っている。

孤独と自由は手を取り合ってやってくる。孤独な時間とはひとり静かに回想を楽しみ、思い出を咀嚼するための貴重な時間なのである。そして、その孤独な時間を豊かにしてくれるものこそ、個人の記憶の蓄積だと思うのだ。

年齢を重ねたからこそ自分は記憶という膨大な資産を持っていて、その資産に支えられているというように考えれば、孤独感を抱いて寂しいどころか、むしろ生きるための自信が湧いてくるのではなかろうか。

回想力は生きる力につながる

地方を旅すると、「NHKの『ラジオ深夜便』を聴いてますよ」と声をかけられることが多い。以前、この番組の中で私は「聴き語り 昭和の名曲」というコーナーがあって、昭和の懐かしい流行歌をかけたり、それにまつわる話をしたりしていた。歳を重ねた人たちは、最近の歌を聴くより、自分が若かりし頃の音楽を聴いたほうが心が癒されるらしい。それは、古い歌を聴くことで、当時の自分をまざまざと回想できるからではないだろうか。

平成も閉じ、令和が幕を開けて以来、ますます昭和は遠い過去のものになろうとしているが、歌謡曲、流行歌の黄金期ともいわれた昭和の楽曲に対するノスタルジーは私の中にいまだにくっきりと残っている。

ノスタルジーなどと言うと、後ろ向きなことのように思われるかもしれないが、そもそも歴史とは時代の回想なのだから、これはとても前向きな行為なのだ。

回想は生きる力にもつながる、というのが私の持論である。

第二次世界大戦中にナチス・ドイツが建設したユダヤ人強制収容所のアウシュヴィッツ、その他の収容所から奇跡的に生還した人々がいた。どんな人があああした極限状態の中で生き抜いてこられたのだろうと、生還者たちの手記を読みあさったことがあった。そうした生還者たちにあったのは、強い信仰や思想に支えられているといったことではない。頑健な体があり、強い意志を持っていたということでもないようだ。

水溜りを見つめ、そこに映っている木の枝を見て、「ああ、レンブラントの絵に似ているな」と感慨にふけったり、夜中に遠くからアコーディオンの音が聞こえてきて、「ああ、あれはウィーンで流行《はや》った流行歌のメロディーだな」と、よろよろと窓際にもたれかかって旋律に耳をそばだてるような人もいた。そして、そういう人々のほうが、極限状態でも正気を保ち続け、耐えることができた例がいくつも語られている。

センチメンタルである人のほうが、むしろ極限状態では強かったのかもしれない。豊かな回想の力を持っている人こそ、なんともいえない状況の中でも、とりあえず生き抜くことができるらしい、そんなふうに思うときがある。

人々は「物語」を買っている

ヨーロッパが人々を惹《ひ》きつける理由は、過去の遺産があるからだ、とよく言われる。しかし歴史的な建築や古典的な美術品に対する憧れだけではない。

たとえば、自動車のポルシェ。私たちはポルシェを見るときに、ポルシェを創りあげたフェルディナンド・ポルシェ（一八七五―一九五一）の数奇な運命に思いをはせずにはいられない。

オーストリア・ハンガリー帝国領ボヘミア（現・チェコ）に生まれたポルシェ博士は、自動車技術者として成功を収めたのちに、一九三三年にヒトラーが政権につくと、ヒトラーから戦車をはじめとする軍用車の開発を委託される。戦後はアメリカ軍に逮捕されたのちに、フランスに二年間抑留されるなどの悲劇に見舞われた人物だ。そうしたポルシェ博士の人生を回想しながら、私たちはポルシェに乗るのである。

日本の国産車に比べればポルシェは驚くほど高い。にもかかわらず私たちがポルシェを憧れの目で見るのは、ポルシェが持つ物語に敬意を払っているからだろう。

シトロエンもまた数奇な物語をまとっている。ひどく内向的だったアンドレ・シトロエン少年は、子ども時代から車をつくる夢を見て、自動車業界に飛び込んでいった。しかし、自分が好きな車を作る資金がない。そこで第一次世界大戦の勃発に際して、弾薬を大量生産する必要性をフランス軍に訴えて弾薬工場を設立する。この弾薬工場で資金をたくわえたシトロエンは、子どものころから夢見ていた自動車工場を設立し、世界で初めて前輪駆動の車を作り出す。けれどシトロエンはその前輪駆動車の完成を見届けることができないまま病床で果ててしまう——そういった数々の物語を思い出しつつ、私たちはシトロエンを眺めるのではないか。

シトロエンのエンブレムは、シトロエンが製造した前輪駆動車「トラクシオン・アヴァン（Traction avant）」のメカニズムをかたどっている。だから私たちはシトロエンという言葉の響きを耳にし、またシトロエンのエンブレムを目にすると、シトロエンその人のロマンに思いをはせるのだろう。人々は単に車を買っているのではない。シトロエンのロマンを手に入れようとしているのである。

車ばかりではない。世界中の女性たちに愛されるケリーバッグは、女優で、後にモナコ妃となり、交通事故で悲劇的な死を遂げたグレース・ケリーが愛用したバッグだという。だからこそ、世界中の女性たちは通常のバッグの何十倍ものお金をかけてケリーバッグを手に入れようとする。バーキンにしてもそうだ。それは単なる製品の名前ではない。バッグひとつにもそうした思い出が詰まっている。バッグが物語をまとっているのだ。だから触れているのは単なるバッグではない。バッグが持つレジェンドを手にするのだ。

そうした伝説を生み出す物語性が、これまでの日本にはなかった。成熟社会を迎えた日本も、この先はそうした過去の思い出が価値を持つ国になり始めるのだと思う。

過去は資産だ。だからこそ、人が思い出を持っているということは、大きな資産を持っていることに値するのだと思っている。

回想はトレーニングをしないと錆びついてしまう

若い人の間でアナログレコードが人気だという。秋葉原ではカセットテープを買い求める若者もいるらしい。歴史をテーマにした新書が売れ、昭和の歌をカバーする若手のアーティストも増えている。レトロ趣味は後ろ向きで、マイナス思考のように思われていた節もあるが、ここ最近は日本人も、少しずつ過去を振り返ることに意味を見出しているようだ。

いまこそ、人びとは回想の引き出しを開けて、過去に思いをめぐらせるべきなのではあるまいか。もう一度、古い記憶を呼び起こし、回想して、過去を自分で咀嚼することが必要なのだと思う。

回想の引き出しは、ほおっておくとさび付いて開かなくなる。繰り返し、繰り返し、あの引き出し、この引き出しと出し入れしておくことで、時に応じて自然にそのとき必要な思い出が出てくるようになるのだ。

昔のことを考えるのは後ろ向きな行為だからやめよう、などと決めて引き出しにカギを掛けてしまうと、引き出しはさび付いてまったく開かなくなる。そんなことになると、その人はせっかくの貴重な財産を手にすることができなくなり、精神的に貧しい状態に置かれてしまうのではないか。

年を取ればどうしても筋力は衰えるし、反射神経も鈍くなる。回想力も同じで、トレーニングをして鍛えていないと、年々、失われていくことになりかねない。絶えず回想し、それを磨いていくことが大事なのだ。

第三章

回想・一期一会の人びと（抄）

ミック・ジャガー

なりゆきで会うことに

むかし、吉行淳之介さんに、対談のコツを教えてください、と頼んだことがあった。吉行さんといえば、当代きっての対談の名手として自他ともに認める存在だったからである。

そのとき、というのは赤坂の「乃なみ」という旅館で麻雀をやっていた夜のことだ。色川武大《いろかわたけひろ》、こと阿佐田哲也雀聖とか、福地泡介、生島治郎などが一緒だったと思う。吉行さんをはじめ、みんな故人となってしまった仲間たちである。

迷った末にリーチをかけて、吉行さんはご機嫌のていだった。私の野暮な質問に白い歯を見せて、それはなあ、イツキくん、嫌いな奴とはやらんことだよ、うん。

そのとき阿佐田さんが、静かに、ロン、と言った。阿佐田さんはいつも申し訳なさそうに、ロン、とつぶやく。きみが余計なことをきくからあがりそこねちまったじゃないか、と吉行さんがこぼした。

仕事の関係で、これまで沢山の人と会ってきた。対談やインターヴューや、いろいろだった。仕事ぬきで偶然に出会った人も多い。そんなとき、いつも思いだすのは、吉行さんの言葉だった。しかし、私には問題があった。そもそも、食べものもそうだが、人に対して好き嫌いの感情がほとんどないのである。会ってみませんかとすすめられて、これまでいやといったことは記憶にない。どうしても会いたいと熱望した人もいないし、尻込みして会うのを避けた相手もいなかった。

ミック・ジャガーと会うことになったときも、なりゆきでそうなった感じだったのである。私はロック音楽については、まったくの門外漢だった。二十世紀の音楽シーンにおける彼らのグループの立場にもほとんど無知だった。まして英語がからきし駄目なので、通訳を介しての対話である。しかし、その点に関しては、あまり不安はなかった。言葉は大事だが、すべてではない。表情、身ぶり、声、服装から息づかいまでが、すべてを物語る。不遜な言い方だが、黙って三十分向き合っていただけでもいいではないか、と思っていた。

銃口には花を

その日、ミックは、その辺の兄ちゃんみたいな恰好でやってきた。ロックのスーパースターというより、宅配便の配達の若者といった感じだった。

一九六七年にポーランドのワルシャワへ行ったそうですね、と私はたずねた。会場はどこだったんです?

「パレス・オブ・カルチャー。知ってるかい?」

私がワルシャワを訪れたのは、一九六八年のワルシャワ条約機構軍の進攻の後で、ソ連軍の戦車が撃った弾痕があちこちに残っていた。

「それが例のスターリン様式の冴えない建物でね」と、ミックは苦笑しながら言う。

「その周囲の建物は、まるで戦争の後みたいな雰囲気だったよ。会場の前のほうの良い席は、共産党のお偉方でずらりと占められていて、本当の僕らのファンはずっとうしろのほうさ。で、演奏がはじまると――」

ミックは両手で耳をおさえて顔をしかめた。

「党員たちはみんなこうさ。会場の周囲には銃を構えて立っている兵士も多かったから、ぼくらはその銃口に花を挿したりしたよ。いかにも六〇年代ふうのアプローチだけど」

フラワー・チルドレン、と言って彼は笑った。

「チェコスロバキアの新しいリーダーのハヴェル氏は劇作家なんだよ。彼は半年前まで刑務所にいたんだが、今や自由チェコの大統領だ。たしかに彼らは君の言う通り実にパワフルな世代だよね。年寄りたちはどんどん死んでいってるし。中国にはまだ老人たちが残ってるけど、彼らが死んだら中国にも変化がおこると思うかい？　どう思う？」

簡単には言いきれない、今の時代は予測がつかないから、と私は答えた。

「まったく、そうだ。でも僕は中国にもなんらかの変化があるのではないかと思っている。あの天安門広場の事件は、〝プラハの春〟と非常に似ていたんじゃないのかい？」

それから彼は次のソ連の公演のことに触れて、チェコにも行く予定だと言った。

「こんど日本にくる直前、ストラヴィンスキーのバレエ『火の鳥』を見たんだ。舞台セットの絵と衣装は、すべてシャガールだったな」

そこからステージの美術の話になり、私が一九二〇年代のソ連の構成主義のことに触れると、ミックは息がかかるほど顔を近づけて、

「ぼくらの舞台セットをどう思う？」

と、きいた。私は見たばかりのステージの印象をしゃべった。新しいアルバム『スティール・ホイールズ』のジャケットなどを含めて、コンサートの工場や歯車のセットなど、まさに二〇年代の構成主義の感覚そのものではないか、と言ったのだ。するとミックは両手をパチンと打ち合わせて、「そうなんだ！」と叫んだ。

「まさにその通りさ。今回のステージのセットもその一つなんだ。いわば一九二〇年代のロシア・アヴァンギャルドの今日的展開といっていいだろう。ジャーナリズムでそこを指摘する人がほとんどいなかったのは、どういうわけ？」

私は前の年、パリで革命二百年祭のパレードを見たときの話をした。その出しものの中で、もっとも興味ぶかかったのは、ソ連チームのパレードだったと説明した。巨大な

鋼鉄の機関車を走らせたり、一九二〇年代のアートを現代的にアレンジしたりとか実に異色を放っていたのである。すると、ミックは両手を上にあげて、大声で言った。

「そうだ。きみが見たそのパレードのコンセプトを手がけたのが、じつは僕のパートナーなんだぜ！」

そしてやや高潮した表情で、首をふった。

「ジャン＝ポール・グードというんだ。彼は僕らの仲間なんだよ！」

そして早口でしゃべりだした。

「ちょうど去年のクリスマスのころの話だけど、じつは『スティール・ホイールズ』のツアーをヨーロッパでやりたかったんだ。ところがなにせ金がかかり過ぎる。で、どうやって安く実現しようかと悩んでいたところだった。そんな折りにディアギレフの本と出会ったんだよ。彼は『二度と同じバレエは踊らない』と書いているんだ。一度踊ったらそれで終り、とね。彼は正しいと思ったよ。それで、ヨーロッパのツアーは、まったく新しいステージにすることにきめたんだ。だから今回のステージ・セットは日本公演を最後にする。この後は捨てるつもりさ」

「最初に仰天して、それから博物館に入れる」

それからモーリス・ベジャールの話になり、やがて彼らがロックの殿堂入りをしたときのアメリカでのスピーチのことを私が思い出して話題にした。ミックはその祝賀パーティーで、辛辣なジョークを披露して話題になったのだった。彼はジャン・コクトーの言葉を引いて、「アメリカ人は変わっている。最初に仰天して、それから博物館に入れる」とスピーチしたという。私がその事に触れると、彼はいたずら小僧のように大笑いした。

「ああ、あのコクトーの文句ね。一応、連中も笑ってたみたいだったけど、実際には意味がよくわかってなかったんじゃないのかな。そもそもジャン・コクトーが何者だか、知ってる奴はいなかったみたいだよ（笑）。大体、アメリカ人というのは、日本人やイギリス人のように、自分たちが他人からどう見られているのかを過敏に考えたりしない国民だからね」

それからミスター・イツキはどういう小説を書いているのか、とたずねた。ジャズが好きなロシアの落ちこぼれ少年の話を書いたことがある、と言うと、彼は、ふーん、そいつは面白そうだなあ、とうなずいて、早口で喋《しゃべ》りはじめた。

「僕はジョン・ル・カレの“The Russia House”を読んだけど、その主人公はサックス奏者だった。僕は結構、カレが好きなんだ。まあ、活字が好きだとは言えないけど、いまはゴルバダールの『ハリウッド』という本を読んでる。アメリカの歴史をあつかった小説の中の一冊なんだが、きみは読んだかい？」

私は、読んでいないと答えた。

「ほかのやつもシリーズなんだ。“Bar”とかね。出版されたのは、たしか十年ほど前だよ。市民運動がテーマになっていて、とても良くできている」

ほかにはどんな本を？　と私はたずねた。

「うーん。オデッサについて書かれた面白い本を読んだな。ユダヤ教のマフィアの話さ（笑）。ロシア革命直前の話だ。じつに興味ぶかい本だった」

小学校の優等生のような

約束の時間が過ぎて、私が話を終えようとすると、彼は、まだ大丈夫、というように手で制して、ところで、と念を押すように言った。

「きみは今度の僕らのコンサートには、必ずきてくれるよね」

もちろん、と私は答えた。ロックには縁遠い人間だったが、必ず彼のコンサートには行くつもりになっていた。

「いつ?」

と、ミックはきいた。

「十四日と、それから二十七日に」

よし、その日は両方とも良いショウにするように頑張るよ、と彼は笑顔で言った。

最後に、ふと思いだしてたずねてみた。

「今回、プライベートな時間は?」

「ほんの少しだけ」

と、彼は指でサインをしてみせた。

「ほんの短い時間だけど、〝ゴールド〟というディスコに行ったんだよ。知ってる？」

「いいえ」

「最新のディスコでね。上の階は日本の古い屋敷ふうで、なかなかよかった」

私はふと思いだして、以前、フランソワーズ・サガンにインタヴューをしたときの話をした。

「東京にもディスコはあるの？」

と彼女にきかれて、「もちろん」と答えたら、サガンがいきなり立ちあがって、「今すぐそこへ行って、インターヴューはそこでやりましょう！」と言いだした話である。

すると、ミックは爆笑して、「そいつはおかしい！」と、しばらく笑いやまなかった。

ミックと別れたあと、ふと吉行さんの言葉を思いだした。私はそれまでローリング・ストーンズについても、ミック・ジャガーという存在についても、ほとんど何も知らなかった。本当に好きでも嫌いでもなかったのである。しかし、短い時間を一緒に過ごしたあと、私は彼のことをとても好きになっている自分を感じた。ロックの人、という固定観念がすっかりこわれて、好奇心の旺盛な育ちのいい少年のように思われたのである。

一人の人間を理解することは、ありえないことだと私はずっと考えてきた。光の当てようで、その人の姿はさまざまに変容するものだ。歴史上の人物に対する正反対の見方が、そのことを示している。人は結局、他人を理解することなどできはしない。しかし、一瞬すれちがったときの印象は、それもまた一つの真実ではあるまいか。

彼と並んで写っている写真を見ていると、小学校の優等生のような感じがする。ネクタイをしめ、スーツを着たビートルズが、どこか社会の底辺から湧きあがってくるルサンチマンのようなものを感じさせるのとは、正反対の感覚だ。プラトンの音楽に対する意見は正しい、と彼は言った。兵士の銃口に花を挿す行為を、パロディーとしてやったというところに、彼の本質があるのではないかと思う。

キース・リチャーズ

ロックスター

私はロック・ミュージックに関しては、まったくの門外漢である。ジャズについても、ディキシーランド・ジャズにあぐらをかいたきり、そこからは一歩も進歩していない。歌謡曲といえば、もっぱら古風な昭和歌謡の周辺をうろつき回っている。

そんな私がミック・ジャガーやキース・リチャーズに会って、どうするというのか。猫に小判というのはこの事だろう。

しかし私は昔から、人間は人間だ、とずっと思いこんできた。ローリング・ストーンズに会いにいくのではない。人が人と会って話をすることに何の変わりがあるだろう。

そんな居直りめいた気持ちのまま、私はその日、ローリング・ストーンズの二人と会った。最初にミック・ジャガーと話をし、そのあとキース・リチャーズと対面した。

ミックはしごくカジュアルな恰好で、その辺のアルバイト学生のような感じだった。快活で、よく喋り、エネルギーにみちていた。少なくとも対話中はずっと上機嫌だった。私たちはほとんど音楽の話をせず、彼はロシアの構成主義について熱弁をふるった。彼のエネルギーは、そばにいる人間たちにも感染する。ミックが姿を消したあとも、私は軽い興奮状態のままだった。

キースが姿を見せたとき、一瞬、おっ、と思った。黒く光る革ジャンを羽織った彼が、いかにもロック・スターといった雰囲気だったからである。

ミックは白い歯を見せて、明朗に笑う。それと対照的にキースはあまり表情を変えない。どこか疲れたけだるい感じでうなずくだけだ。しかし、それはそれで底深いエネルギーを感じさせる何かがあった。

——マイク・タイソンの試合、見にいかれたそうですね。

「イエース」

とキースは物憂げに答える。椅子に深く腰をおとして、背中を老人のように丸めこみながら、こちらの問いかけにしばらく間をおいてうなずく。

喋っているあいだに体がぐにゃぐにゃになって、ソファーに沈みこんでしまいそうになる。

――試合前に日本の国歌を、クラシックの歌手がうたったのを聞きましたか。

「うーん、なんだか言葉が通じないんで、よくわからなかったな」

それから額に手をあてて、二、三度うなずいてから、ぽつりぽつりと話しだす。

「どうも国歌ってのは好きになれないんだよ。どこの国のにしてもね。一応は立ち上って敬意は表するけど、俺のほうがもっとましな曲を書けるかな、とか考えるんだ」

――でも、あの国歌の歌詞の中には、Rolling StoneとRockという単語が両方ともはいってるんですよ。

「へえ、ほんとかい」

――小さな石ころがロックになり、苔《こけ》のはえるまで皇室の歴史が続きますように、という歌詞です。

「フフフフ。こっちはもう、すでにかなり苔だらけさ」

――ところで、インターヴューを受けるというのはどうですか。ヘミングウェイみたいに、大嫌いだという人もいますが。

「ああ、彼はそうだったらしいね。だいたいインターヴューという発想自体が、難しいことなんじゃないのかな。しかし、もし話をしていて面白い相手となら、それはインターヴューじゃなくて、人間同士の会話になる。そうだろ？　そこが面白いところだと思うけど」

――じゃあ、これまでやったインターヴューの中で、人間同士の会話として記憶に残るインターヴューは、どんなものがありましたか。

「うーん。ないね（笑）。おぼえているのは最悪だったものばかりだな（笑）。まあ、たぶん俺自身の受けとめかた、つまりインターヴューのされかたの問題かもしれない。俺にとってインターヴューされるというのは、本当はとてもしんどいことなんだよ。もちろん、それは相手がどんな人間かにもよるんだけど――」

――『トーク・イズ・チープ』というタイトルが気になっていたんですが、あれはどういう意味なんですか。

「うーん、俺はだいたい曖昧なタイトルやフレーズが好きなんだ。だから後は聞くほうの解釈にまかせたいな」

――曖昧さの中に意味があるわけですかね。

「そう。そこに何百万という意味がふくまれているのさ。それをむしろ曖昧なままにしておくのが好きなんだ。音楽も、文学も、詩も、すべて優れた作品はリスナーや読者によって解釈されるべきもんだろ？　作った側が押しつけるもんじゃないと思う」

――最近の思想の世界では、論理的な正確さよりも、むしろ曖昧さを積極的に追求する考えかたが出てきてるようですね。

「だって、人生そのものが曖昧なんだから。曖昧さというのは大事だと思うね。俺に言わせれば、それはむしろ〝ヒューマン・タッチ〟と呼ぶべきだと思うんだよ」

「ブルースは人の心にもっとも深く触れる」

私は話題を変えて、『Rolling63-89』のヴィデオを見たことを話した。

「少年のころの俺は、耳がでかかっただろ！（笑）」

当時は将来なにをやろうと考えていたのか、と私はたずねた。彼は答えた。

「自分で自由に選べるような状態じゃなかったんだよ。でも幸運にもホビーでやっていた音楽が仕事になった。音楽は今でもホビーだけどね。それで電車の運転手になろうという夢はあきらめたのさ（笑）。ほんとのことを言うと、アート・スクールにいってた頃は、ひょっとするといきつく先は広告代理店あたりかな、と思ってたんだ。でも、俺にはそんな才能はないとわかってたし、何よりも好きなのは音楽だった。しかし、好きだからといって、自分が優れたミュージシャンになれるとは思っていなかった。今だってそうだけど」

――あなたが子どもだったとき、ぼくは大学生で渋谷の「SWING」という喫茶店にしょっちゅうかよってました。ぼくは当時流行のモダン・ジャズより少し古いポピュラーなジャズ、それもアメリカよりもヨーロッパのジャズメンが演奏する通俗的な曲が好きで、そこでよく聞いたのがクリス・バーバーのバンドだったんです。

「クリス・バーバー！　ああ、よくおぼえてるとも。もちろん！」

――そのバンドでやっていたロニー・ドネガンとか、モンティ・サンシャインとか――。

「モンティ・サンシャイン！　『プティ・フルール』だろ？　そうだよな！」

彼は体をおこして笑顔になった。

「そうさ！　だろ⁉　俺自身、そういうジャズをきいて育ったんだぜ」

――ではローリング・ストーンズにとってブルースはどういう意味をもっているんでしょう。

「ブルースってのは、つまり、俺にとって世界でもっともパワフルな音楽の体系なんだ。俺は音楽をアダムとイヴの時代からの流れとしてとらえている。過去の数百年のあいだに人間はその音楽を録音する手段と、それを聞き返すすべを知った。そしてブルースは人の心にもっとも深く触れる、人の心をかきたてる音楽だ。ジャズもそうだ。人間をふるい立たせ、人の心に触れる。この何百年かの間に、われわれは優れたものをくり返し聴き返すことができるようになった。そのおかげで、ブルースはよりいっそう人間にとって重要な音楽になったんじゃないのか。だから何がどうなろうとブルースの息の根を止めることなんて絶対にできない。俺はそう思う」

しかし、と私は言いづらいことを口にした。

――〝スティール・ホイールズ・ツアー〟の初日のフィラデルフィアのコンサートにいった日本人レポーターの記事によると、黒人の聴衆の数がほとんどといってもいい位に少なかったというのですが、それはなぜなんでしょう。

キースはふたたび深くソファーに沈みこんだ。深海に深水でもするような姿勢だった。しばらく沈黙したあと、彼は言った。

「アメリカの黒人の大部分は、チケット代が払えないのだと思う」

そして言葉を続けた。

「だろ？　それは悲しいことだけど事実だ。でも、俺たちは大きな会場でやることを余儀なくされている。そしてそのためには巨大な金をかけた舞台セットが必要となり、チケット代はあまりにも高くなっていく。残念な話だ。もし、それを変える手段があるのなら、ぜひそうしたい。だが、今の時点では、どうしてもその手段をみつけることができないんだよ」

それから彼は言葉を選びながら、独り言のように言った。

「つまり俺は自分がミュージシャンだなんて考えちゃいないんだ。でも自分のやることが、もし少しでも人々に幸せをもたらすことができたら……と、ただ、それだけなんだよ。音楽は人間にとって大切なものだ。それは疑いない。こうしてあんたと話をしているのも、それだからこそだろ？　たしかに俺は巨大なビジネスのお慈悲を受けてきたさ。現にこうして日本にくるには、巨大な規模でくるしかなかったんだ。しかし、もしほかに方法があって自由にくることができたら、俺は一人でもバーや街頭で演奏しただろうよ。つまり、やらねばならないことと、やれる可能性のあることとの両者の間に接点をみつけるというのは、じつに難しいことなのさ。まあ、今世紀末までにはどうにか解決したいと思ってるけどね（笑）」

東側の世界で演奏する可能性は？　と私がきくと、キースは少し元気になって答えた。

「今年中にぜひモスクワでプレイしたいと思っているよ。ちょっとおくれたヨシュアとジェリコの壁といったところかな。つまりヨシュアはトランペットとドラムを奏でながら、ジェリコの壁の周りを歩き回った。だが、それで壁がこわれたわけじゃない。真の原因は、壁の内側にいた人たちが、〝やあ、すてきな音楽がきこえたぞ〟と耳をすまし、扉をあけて彼らを中に迎えたことなんだ。去年、東ヨーロッパでおこったこと、ベルリンの壁の崩壊という事件も、すべてそれと同じことさ。つまり壁の内側の人間がおこしたことなんだ。外側からの力じゃないよ」

女の力はすごい

しばらく音楽以外のことを話したあと、かなりきわどい質問をした。男と女についてたずねたのだ。彼は体をおこして、ゆっくりと語りだした。

「男は自分自身を表現しなくてはならない。説明するのは難しいけど、世の中には男がいて、女がいる。男の中にはフェミニズムを信奉している者も大勢いるだろう」

そこでしばらく黙りこんだあと、うなずきながら彼は言った。

「俺は生涯、女と暮してきたよ。家は女だらけだ（笑）。だからその難しさはよくわかる。女がいかに強くなれるかも知っている。だから男たちに忠告するのは、女を力で屈服させようとするのはやめておけ、ということさ。女と一緒に暮してみれば、その力のすごさに気がつくはずだよ。だから、男と女は、話をして問題を解決していくしかないんだ」

そこまで言うと、キースは深いため息をついた。この男はずいぶん重いものを背中にしょっているんだな、と私は思った。だからステージでも、あんななのだ、と。

私がインターヴューの礼を言って部屋を出ようとすると、キースは私の肩に手をのせて、はじめて歯を見せて笑った。

「ヘイ！　こちらこそ楽しかったよ、ありがとう。アドレスと電話番号をくれないか。もし、今度、ふらっと日本へやってきたら、電話をかけてもいいかい？」

この人あってのローリング・ストーンズなのだな、と、あらためて感じたものだった。

モハメド・アリ

カシアス・クレイという名を捨てたワケ

「でも、やっぱり食べようかな」

と、モハメド・アリは言った。ちょっと照れくさそうな表情だった。

たぶん一九七二年の春ごろのことだったと思う。場所は麻布の白亜館という御大層な名前の店だった。当時は雑誌の対談とか、グラビアの撮影とかによく使われたレストランである。今はもうない。

初対面のアリに、私が何か飲みものはいかがですか、とすすめると、彼は首をふって、

「私はいいです」

と、言った。では、食べものは？　ときくと、

「ありがとう。でもボクサーの仕事というのは、いつもウエイトの調整に気をつかわな

きゃならないんでね」

　丁重にそう断ったあと、ちょっともじもじして、思い直したように小声で言ったのだ。

「でも、やっぱり食べようかな」

　白身の魚を少し、と彼は注文した。そして私にきいた。

「ミスター・イツキ、あなたは豚肉を食べますか？」

「豚肉？　ええ、食べますとも」

「どういうふうに料理して食べてるんでしょう」

「トンカツとか――」

「トンカ？」

「いや、トンカーツ。つまりパン粉をつけて油で揚げるやつ」

　するとアリは、うなずいて体を乗りだすようにして言った。

「豚肉は頭痛の原因になるのです」

「ほう」

「低血圧の原因にもなります」

「?」

「あなたは有名な作家だそうですから、こういったことは勿論《もちろん》ご存じだとは思いますが、つまりそれらの害からのがれるためには、料理法が問題になるんですね。海底に棲むエビにも充分な注意が必要です」

宗教上の理由なのか、と私がけげんな顔できくと、アリはうなずいて語りだした。真情あふるる説得者、という感じだった。

「私はそれらのことを黒人のブラザーたちに教えて、彼らのクリーンな生活をつくりあげたいと願っているのです」

それから彼は、カシアス・クレイという名前を捨てて、モハメド・アリという名前を選んだことについて、きわめて政治的な説明をした。自分はそれまで黒人の本当の歴史を知らなかったのだ、と彼は言った。アフリカから奴隷として連れてこられた黒人の名前を、白人たちが暴力と金力でうばい取り、白人的な名前をつけた。カシアス・クレイというのも、そういう名前のひとつである。だから自分はその名前を捨てたのだ。なぜならわれわれ黒人は今や白人の奴隷ではなくて、自由な一個の人間だから。そうでしょう？

運ばれてきた白身の魚の身を、アリは黒い指先で丁寧に少しずつほぐして、さも大事そうに口に運ぶ。

生まれて最初の記憶とは

私はふと思いついて、アリに素朴な質問をした。生まれてはじめて記憶に残っているのは、どんなことだったのか、ときいたのだ。

「最初の記憶？」

と、彼は魚の身をほぐす手をとめて、戸惑ったような表情をした。

「それは、どういうこと？」

「たとえばトルストイは、生まれたときに取りあげてくれた産婆さんの顔を憶えていた、なんて話があるでしょう」

「ああ、そういうこと。うーん、そうだなあ」

彼は首をかしげて真剣に考えはじめた。かなり長い沈黙のあと、アリは独り言のようにつぶやく。

「最初の記憶――か」

ずいぶん長い時間、彼は考えこんでいた。イメージだけでいいんですよ、と私が助け舟をだすと、アリはやがて顔をあげて、小さくうなずいた。

「えーと、うん、あれだな、そうだ」

そしてゆっくりと話しはじめた。

「あれはリンゴの樹だ。そうです、たぶん私が四歳のときだと思いますよ。つまり、私が四歳のころ、ケンタッキー州のルイビルという町の、ちょっとはずれのところに住んでいたわけですが、何か理由があって町の反対側のほうへ引っ越しをしたんですね」

さっきの黒人問題について語っているときの生真面目な口調とはちがって、モノローグのようなおだやかな話しぶりだった。

「引っ越しをして、新しい家に着いてから、玄関をはいったら――いや、そうじゃない、ずうっと家の中を走り抜けて裏庭に出たんだ。そう、そしたらその裏庭にリンゴの樹が一本あったんです」

しばらく沈黙があって、また話しだした。

「私はまっすぐ、そのリンゴの樹のところへ行って、その樹に登ったと思います。そしたら母が出てきて、怪我をするから早く降りておいでと叱られた——」

黒と白のブルース

それから急にいろんな話になった。

私が大学生のころ、体育の単位にボクシングを選択したことを話すと、アリは肩をすくめて笑った。

「あなたがボクシングを？　いったい相手はなんなんです。まさかオレンジか砂糖菓子を殴る気なんじゃないでしょうね」

「それはどういう意味ですか」

と、私は言った。むっとした口調になっていたと思う。

「ミスター・アリ、ボクシングにはヘビー級だけじゃなくて、フライ級というのもあるんですよ」

するとアリは、ジャブをあわてて途中で引っこめるようなタイミングで、すばやく、失礼、と言った。そして両手を合わせて、もちろん今のはジョークです、とつけくわえると、弁解するように、

「いや、誤解しないでください。私が言いたかったのはですね、あなたの印象が非常にデリケートで、これまでに会ったジャーナリストと全くちがうから、作家という職業を選ばれたのはボクサーになるよりはるかに賢明であったと思うということなんです」

約束の一時間という時間は、とっくに過ぎていた。二時間を過ぎても、アリはまだ話し続けていた。言語が問題だ、とも彼は言った。

たとえばエンゼル・ケーキというと真っ白なケーキで、黒いケーキをデビル・ケーキという。脅迫はブラック・メール、ブラック・リスト、ブラック・マーケット、すべて白は善で黒は悪のイメージで表現される。黒人でさえも黒を嫌悪し、白に憧れる感性が植えつけられているではないか。この言葉を使う限り差別はなくならない、と彼は言っ

た。

「私がボクシングをやっているのは、それによって世の中の耳、特にわれわれ同胞の耳をそばだてる力をかちえたいからです。私がフォスターをノックアウトしてアメリカに帰れば、人びとは私の言葉に耳を傾けてくれるでしょう。リング上で半分裸でボクシングをやっているのも、その一心からなんです。今のところイライジャ・モハマッドから止められているので宗教的な宣教活動はできませんが、今の時点では私が世界一強いボクサーとして活動できることで、助けになると確信しています。そしてジョー・フレーザーを倒すことが出来れば、私はボクシングはやめて宗教活動に戻りたいと思う。神様は私がなぜこのような活動をやっているかを必ず知ってくださっていると思います。必ずね」

そしてこれまでの人生で最も辛かった経験は、ベトナム行きを拒否した際にアメリカ政府からチャンピオンシップを取り上げられたこと、そして妻と離婚したことだった、と、言葉すくなに語った。

アリについては、いろんな人から、いろんなひどい話を聞いていた。それもあるだろう。しかし、私がそのとき会ったのは、ひどくデリケートな一人の人間だった。雑誌にのったその対談を深沢七郎さんがとてもほめてくださった。なにかあい通じるものがおありだったのかもしれない。

ヘンリー・ミラー

「どうして人間が愛し合う映画に制限が加えられるんだ」

私は自分の部屋に絵を飾ることはしない。壁にかけて周囲とぴったり調和するような絵も、ちょっと困るのだ。といって、その絵が自己主張しすぎて、次々と妄想をかきたててくれるようでも困る。

そもそも絵や美術品のコレクションなどには興味がなかった。ポスターや写真になって魅力がなくなるような作品はダメだと思う。なんでも複製で自己主張できるようでなければ意味がないと、ずっとそう思ってきた。いまでもそうだ。

そんな私の部屋の壁際に、箱に入ったままのヘンリー・ミラーの絵が二点ある。どういうわけで自分の部屋にその絵があるのか、実のところよくわからないのだ。歳をとると昔の記憶が曖昧になって、データが失われてしまう。事実とはそういうものなのだ。

あるといえばある。ないといえばない。わかっているのは、『東洋の港』と『若いふたり』という、絵の背後に記された言葉だけだ。

高齢になってもすごく記憶がしっかりしている人がいる。林達夫さんや、久野収さん、植草甚一さん、などがそうだった。しかし、驚くほど記憶が明晰である、というそのこと自体に問題がありはしないか。

歳をとると人は少しずつ頭がゆるくなってくる。それが自然であるし、本当に頭がいいというのは、そういうことではあるまいか。

晩年の鈴木大拙と曽我量深《そがりょうじん》の対談などを読んでいて面白いのは、そういうところだ。

私は自分がいま関心があること以外は、なんにも知らない。これは卑下自慢《ひげじまん》などではなく、本当にそうなのだ。だからその道の極北にいる人と会うとき、事前に勉強したことなど一度もなかった。失礼でない程度に簡単な知識を頭に入れておくぐらいは当然だろうけど。

だからその道の専門家や、コアなファンからすると、唖然とするような内容になる。それでいいのだ。プロがプロと語り合うのとは、もともとちがう。ほんとうに一度、偶然にすれちがっただけの他人同士なのだから。

私は自分がなぜあのとき、ヘンリー・ミラーという有名な作家と一緒にいたのかがわからない。何日いたかも忘れてしまったし、日時も、季節も、ぜんぜん憶えていない。たよりになる記憶といえば、『俺たちに明日はない』という映画を見たヘンリーさんが、それについて意見を言ったことである。

「人殺しの映画が許されるのに、どうして人間が愛し合う映画に制限が加えられるんだ」

と、ヘンリーさんは本当に腹を立てていた。若いギャング、ボニーとクライドの物語がヘンリーさんは大いに気に入っていたらしかった。

当時の私には、そもそもヘンリー・ミラーという作家に対する先入観がなかった。主な作品も一応の通過儀礼として読んだ程度である。ちゃんとしたことは、その後、批評家で、アメリカ文学の優れた翻訳家でもある中田耕治さんに教えていただいたのだ。私がジェイムズ・M・ケインをアメリカ文学の最良の部分だと思うのは、中田耕治さんの訳で『郵便配達は二度ベルを鳴らす』を読んだからである。

私が憶えているヘンリー・ミラーという作家は、偉大な、とか、そんな形容詞があまり似合わないやたらおもしろい男性だった。

ファイトにあふれるピンポン

「きみはピンポンはやるかい?」

と、初対面の私にいきなりきく。すこぶる挑戦的な目つきだった。

「やりますよ」

と、私がこたえるまもなく、ヘンリーさんはラケットを私に手渡した。挨拶がわりに一戦というわけだ。

「スポーツマンじゃないようだね」

とヘンリーさんは私の体を上から下まで点検するように眺めて、自信ありげに言った。

「わたしが老人だからといって、甘くみないでくれ」

「ＯＫ」

プールに面したテラスで、私たちは真剣に戦った。そのときの様子は、以前、新潮社から出ていた『ヘンリー・ミラー全集』の月報に書いた記憶がある。たしか「オカンポの樫の木」という題だったはずだ。

初対面での一戦は、かろうじて私が勝った。私は古いシェイクハンド・グリップだが、ヘンリーさんはテニス・グリップで、驚くほど左右に守備範囲が広い。カットボールも巧みに返してくる。しかし、なんといっても、その日は暑かった。それに私は若かった。なにしろ四十歳ほどの年齢差なのだ。

私は中学生の頃、かなり真剣に卓球をやった。といっても戦後の時代だし、素人の遊びに毛が生えた程度のものだ。だが、自分ではかなりのラケットの使い手だという自負があった。アロハ姿のじいさんに負けるわけにはいかない。

ヘンリーさんは、片方の脚が不自由そうだった。何十年かたった今、私もまさに同じ症状を抱えている。八十歳をこえると、だれでも膝とか股関節に故障がでてくるものなのだ。それにもかかわらず、ヘンリーさんはかなり強い球を打ってきた。ファイトにあふれた試合ぶりだった。

〈負けずぎらいなんだな、この人は〉

と、私は思った。汗をふくまもなく、ヘンリーさんはプールに飛びこんだ。横泳ぎというかイカのようにヒラヒラと泳ぐ。

「ピンポンは負けたが、泳ぎじゃ負けないぞ」

と、ヘンリーさんは水の中から叫んだ。

ポルノ雑誌をめくりつつ

ある朝、寝坊して居間へ顔をだすと、ヘンリーさんは何かせっせと料理を作っている。料理といっても、じつに簡単な朝食だ。深い皿にミルクを注ぎ、その中にバナナをザクザクとナイフでぶつ切りにして入れる。二本のバナナをきざみ終えると、もう一度、ミルクを足し、その場で立ったまま食べはじめる。フォークでミルクの中のバナナの切り身を突き刺して口に運ぶのだ。途中で皿を両手で抱え、口をつけてごくごく飲む。西部の男の朝食といった感じだった。

「これが私の朝食だ」

と、ヘンリーさんは手の甲で口の端をふきながら笑った。偉大な作家の朝食にしては、なんだかちょっとわびしい感じだった。本で読むトルストイやドストエフスキーたちの食事は、もっと豪華で豊かな感じがする。ヘンリーさんの食事はアメリカ的な偉大さ、というものとも少しちがうようだった。

簡単な朝食を終えると、ヘンリーさんは、

「ピンポンをやろう。きのうは負けたけど今日は勝てそうだ」

と、私を誘う。

「まだ目が覚めてないから」

と、私が断ると、ヘンリーさんはひどくがっかりした顔をした。それから別室に姿を消し、すぐに山ほどグラフ雑誌を抱えてもどってきた。

テーブルの上におかれたそれらの雑誌は、すべていわゆるポルノ雑誌のたぐいで、老作家は一ページずつ丹念にページをめくりつつ私に感想を求めるのである。

英語が苦手な上に、いわゆる性的な俗語、専門語が奔流のようにヘンリーさんの口から流れでて、私には対応するすべがない。

「オー・アイ・シー！」とか、「トゥー・ビッグ・ヒップ！」とか、バカみたいな相槌《あいづち》しか打てないのだ。

ひと通りポルノ雑誌を退治してしまうと、ヘンリーさんは私に顔を近づけて、重大な秘密でも話し合うように背後をたしかめ、声を低めた。それから雑誌の余白に妙な絵を描いてうなずいた。

「これ、わかるかい？」

「わかりますよ」

それは小学生が描いたような女性性器の図である。絵心があるせいか、妙なリアリティーがあった。

「東洋の女性は、ここが横向きについている、と私はパリできかされていたんだよ」

「横に？」

「イエス。こんなふうに、要するに女性の唇のように」

「だれがそんなことを教えたんですか」

「その頃の仲間さ」


「映画はありがたい」


それから当時の思い出話になり、友人、知人のことを勝手にしゃべった。アナイス・ニンとか、グレイとか、ラリーとか、いろんな名前が出た。

「その当時、よく行ったピガールのカフェのテラスの椅子の下に、自分の名前をナイフで彫っておいたんだ。目につかない場所にね。そして何十年もたって、またその店にいって探したら、あったんだよ、その椅子が」

「『クリシーの静かな日々』という映画、見ましたよ」

「ありがとう。それにしても――」

と、ヘンリーさんは真面目な顔になって言った。

「日本の出版社から翻訳で出た『梯子の下の微笑』という作品が、どうしてあれだけしか売れないんだ？　あれは傑作なんだぜ。それだのに――」

「日本でも通常、質と量とは必ずしも比例しないものなんです」

「しかし、ラリーの『アレクサンドリア・カルテット』は、日本でもベストセラーになったそうじゃないか」

私はそのとき、やっとラリーというのがロレンス・ダレルのことなのだ、と気付いた。

「ベストセラーまではどうですかね。でも、あの作品は映画化の話題があったし。アヌーク・エーメが主演ということでかなり話題になったんです」

「私の『北回帰線』のほうだって、映画化計画が進んでるんだよ。映画はありがたい。ハリウッドは、映画化プランが流れるたびに、ずっと毎回、契約の更新料を払ってくれるんだからね」

ヘンリー・ミラーとロレンス・ダレルとのつきあいについては、アメリカ文学者たちもいろいろ書いている。どちらも相手のことをとても尊敬していて、ああいう作家同士の友情もあるんだな、とうらやましく感じたものだった。

たまたま、ロスから南仏へ飛んだとき、ニースでロレンス・ダレルと会う機会があって、いっそう不思議な気がした。二人とも自分の作品が映画になるということに対して、少年のような歓《よろこ》びで語っていたのである。私たち日本の小説家は、映像化されることに関して、かなりすれっからしになっているのかもしれない。高級な文学作品であろうと、ポピュラーなミステリーであろうと、アメリカの作家たちにとって映画化というのは大きな出来事なのである。世界をマーケットにしているからかもしれないが。

私たちはその日の午後、あきることなくピンポンの試合をした。プールの横で休んでいるとき、彼はふと思いだしたようにきいた。

「ホキからきいたんだが、きみは日本のベストセラー作家だそうだね」

「イエス」

「きみの本を一冊見せてくれないか。もし持ってきてたらの話だけど」

「さしあげるために一冊持ってきました」

私は部屋にもどって、『幻の女』という箱入りの本を持ってきて彼に渡した。装釘は石岡瑛子のかなりの力作である。

「この絵はムンチだな」

と、ヘンリーさんは言った。私たちがムンクと呼んでいる画家の名前を、ヘンリーさんはムンチと呼んでいた。「私はムンチが大好きなんだ」

「日本語が読めないので申し訳ないが、じつに美しい本だね。こんな本を作れるなんてうらやましい。で、この本どれくらい売れたんだい?」

私は控え目に初版の数字だけを言った。箱入りの『幻の女』は、そもそも少部数を予定して作られた愛蔵版だったのだ。すると、とたんにヘンリーさんは、大きなため息をついた。

「で、私の『梯子の下の微笑』があれだけか。よし。じゃあ、もう一度ピンポンで勝負をつけよう。今度は負けないからな」

そんな日が何日か続き、次の週、私はヘンリーさんたちと一緒にラスベガスへ行った。なんだか変な時代だったと思う。

ブラート・オクジャワ

ロシアのボブ・ディラン

ブラート・オクジャワといっても、すぐにピンとくる人は、そう多くはないだろう。オクジャワは「ソ連のボブ・ディラン」と呼ばれた詩人・作家であり、歌手でもある。一九九七年に亡くなったが、ソ連時代を知る人びとにとっては忘れがたい存在だ。

私は以前、ラジオの深夜放送で自分勝手な番組をながくやっていた。放送開始から二十五年間つとめていたから長寿番組といってもいいだろう。

同じラジオ局で、これも延々と続いていた人気番組に『小沢昭一の小沢昭一的こころ』というのがあった。小沢さんと私は、深夜のラジオ局のトイレでしばしば一緒になった。つれションをしながら、

「おたくもがんばってますね」

「いや、いや、お互いに年をとりました」

などと、たあいのない会話をかわしたものである。その小沢さんも今はいない。

私のやっていた番組は、『五木寛之の夜』といった。九州訛《なま》りの私の勝手な喋りと、いささか奇矯な選曲が売りの深夜ラジオである。

その時間帯で流す音楽は、すべて私の勝手な好みで選んでいた。同じ曲や同じ歌い手の作品を、くり返し何度も何度もかけた。よくあんな自由な番組があったものだと思う。

なにしろいっさい構成台本なしのぶっつけ本番で、なにが飛びだすか本人にもわかっていないような番組なのだ。局のほうでも、スポンサーのほうでも、どうぞ勝手にやってください、といった感じだったのである。そんなやり方で、よく二十五年も続いたものだと思う。

ジャンルを問わず、いろんな音楽を流したが、その中でも、ボブ・ディランとブラート・オクジャワはくり返しかけた。ヴィソツキーもよく使ったけれども、ソ連の現代歌謡としてはブラート・オクジャワが一番だった。それは個人的な体験と交錯するところがあって、私にとっての忘れがたい歌だったからである。

徹底した非体制。裏通りの歌

私がはじめてロシアを訪れたのは、一九六五年の夏だった。一般人の外国渡航が自由になってまもなくの頃である。

横浜からバイカル号という船に乗り、ナホトカから鉄道と飛行機でモスクワへむかう。さらに現在のサンクト・ペテルブルクをへて、フィンランドへ抜ける。それが当時のもっとも安価なヨーロッパへのコースだった。

私はその旅で、さまざまな忘れられない体験をした。帰国してすぐに、その記憶を一篇の小説にまとめ、それが私のデビュー作となった。

当時のロシアは、スターリン批判の後とはいえ、まだ厳然と社会主義大国ソ連だった。ブレジネフ体制下のソ連には、雪どけの予兆をはらみつつも、どこか鬱屈の気配が漂っていた。新しい世界の動きと、それに無関心であろうとする官僚体制の、一種よどんだ空気が支配していたように感じられたのである。

そんな六〇年代に、ひとつの歌がロシアの国内にひそかに流れていた。その歌は、正面きった体制批判ではなかったが、個人的な感情と自由への憧れに彩られた鮮烈な歌だった。国家の歌でも、壮大な希望の歌声でもない。

はっきりいってその歌い手の歌は上手ではない。プロの歌手とはまったくちがう歌声である。ぽつりぽつりとギターを弾きながら、自分の歌をうたう。それがブラート・オクジャワという人物だった。

彼の歌は、裏通りの歌だった。人民とか祖国をうたう歌ではなかった。普通の人間たちが普通に感じることを彼はうたう。

その歌がカセット・テープという当時の新しいメディアに録音された。それはひそかにコピーされ、人びとの手から手に受け渡され、地下水のようにソ連の非公認の音楽の水流となっていく。

オクジャワがソ連社会から公認されるのは、ずっと後になってからのことである。

反体制というのではないが、少なくとも彼の歌は徹底して非体制だったと言っていい。

私は彼の歌を録音したカセット・テープを持ち帰って、北陸の街でくり返しきいた。

『アルバート街の歌』

『最終トロリーバス』

などは、ことに私の大好きな歌である。

ロシアでは、こういう歌い手をバルドと呼ぶ。一種の吟遊詩人のことをいうらしい。スターリンが嫌ったのは、まさにそのような民衆のあいだを流れ歩く人びとと、その手の歌声だったのだ。

そしてまた彼は詩人・歌い手であるとともに、作家として貴重な小説を残すことになる。

『シーポフの冒険』

『ディレッタントの旅』

『少年兵よ、達者で』

『陽気な鼓手』

など、など。

私がオクジャワと会ったのは、一九九二年の二月だった。モスクワ郊外のウッドハウスを訪ねたときは、雪のために長靴でも大変なほどだった。素朴な部屋で、彼は淡々と長い時間、話し続けた。そのときの会話の一部を抜粋してみると、屋根から滑り落ちる雪の音がきこえてきそうな気分になる。

〈人民の敵〉の息子として

——このあたりは静かでいいところですね。でも、ちょっと退屈じゃありませんか。

「退屈？ とんでもない。物を書く人間にとっては最適の場所ですよ。本を読んだり、考えたり、文章を書いたりね。退屈なんかするわけないでしょう」

——しかし、オクジャワさん、あなたは例のモスクワのアルバート街で生まれ育ったんでしょう？ 作家にとっては、あのアルバート街の人間くさい環境も、決して悪いものじゃないと思われませんか。

「アルバート街！ いや、あそこは今はひどいもんです。なんという街になっちまったろう！」

アルバート街というのは、かつてはパリのモンマルトルのような雰囲気の街だったらしい。いろんな民族のるつぼのような混沌とした場所である。私はわざわざ歌の舞台になった街を訪れてみたのだが、すでにそんな情緒はなくて、ただの観光地のような感じだった。時代はどこも地球上のすべてを画一化してしまうものなのだ。

――でも、ぼくはあなたの『アルバート街の歌』という曲が大好きで、自分がやっているラジオ番組で十五年以上も昔から、くり返し流してきたんです。あるフォルクローレの歌い手にあなたの曲をきかせたところ、彼はこう言ったんです。この歌手の歌は微妙なところで西欧音楽の音階からずれるところがある、そこが魅力なんだと。

「なるほど。でも私は歌手ではありません。歌手といわれると戸惑ってしまうんです」

――あなたが例の抒情的な青春の歌『最終トロリーバス』をうたわれたとき、私は東京の貧しい大学生でした。

「あれは一九五六年のことだったと思います。ある日、ふと自分の詩にメロディーをつけることを思いついたんです。

その歌はすぐにポピュラーになりました。当時、ちょうど一九六五年ごろにロシアではようやくテープレコーダーが出まわるようになったんですよ。それで、私の歌は人びとの口から口へ、そしてテープのダビングによって、ソ連全土にひろがることになったのです。しかし、そのおかげで、厄介なことが起こってきました。当局からのいろんないやがらせや、放送の禁止、コンサートの開催不許可とか――。それでもやがてレコードも出せるようになりましたけどね」

――ご両親はいろいろとご苦労なさったんですよね。

「ええ。一九三七年、例の大粛清の時代に、父親は人民の敵として当局に逮捕されました。スパイ容疑ですが、もちろんでっちあげです。母親のほうもラーゲリの囚人として十九年ものあいだ強制収容所で過ごしています。父はスパイで母は囚人。おかげで私は〈人民の敵〉の息子ということで苦しい子ども時代を送らなければならなかった。それはじつに辛い時期でした」

――ヴィソツキーについては、どう思っておられるんですか?

「彼とは友人としてつきあっていました。しかし、友人といっても、私は老人になりかけていたし、彼は私とちがって、大勢の人びとの中にいることが好きなタイプだったんです。いつも皆と酒を飲むとか、大騒ぎするとか、要するに彼の周囲は常に華やかで、にぎやかでした。彼は俳優で、かつまたスターだったんですね。それに対して私は孤独を好む男です。ですから、いつも会っていたわけじゃないけど、会えばお互いに楽しい時間をすごしたことを思いだします。ヴィソツキーはすぐれた才能をもった人間でした。しかしこのロシアには、理解に苦しむ傾向、つまり無分別というか、狂気といいますか、そのような感情があるのです」

屋根からドサリと雪が落ちる音がした。窓の外は密集した針葉樹が続き、空は灰色にくすんでいる。私とオクジャワは、少し外を歩いてみることにした。並んで歩くと、彼が意外に健脚であることに気づいた。

「特権のない人びとが街をゆく」

〽おお　アルバート　私のアルバート

という彼の歌声が私の頭の奥にきこえてくる。あの歌の作者と、いまこうして歩いているのだ、と思うと不思議な気がした。特権のない人びとが街をゆく、と彼はうたっている。あからさまな抵抗ではなく、彼の静かな歌声に大国ソ連がおびえたのも、特権のない大多数の民衆がおそろしかったのだろう。

「ぼくは明日、サンクト・ペテルブルクへいきます」

と、私は言った。

「アンナ・アフマートワの旧居を訪ねるつもりですが」

「アフマートワ！　彼女は偉大な詩人です。詩人としてだけでなく、彼女は偉大な女性でもありました。しかし、彼女もまた悲劇的な生涯を送らなければならなかった――」

しばらく無言で歩いていると、どこからかテープに録音された彼の歌声がきこえてくるような錯覚があった。

〽最終のトロリーバスよ、そのドアを開けてくれ

こんな寒さが　身にしみる夜に
絶望が迫ってくるとき
ぼくは青いトロリーバスに乗るんだ
最終のトロリーバスに　青いバスに
街を走れ　トロリーバスよ
絶望に打ちひしがれた者たちを乗せて
突っ走れ　最終トロリーバス
深夜にさまよう人たちを　拾いあげて
モスクワを漂う　最終トロリーバスよ
ドアを開けてくれ　青いトロリーバスよ

オクジャワの『最終トロリーバス』のフレーズの破片が、前後してめちゃめちゃに私の中によみがえってくる。正確な歌詞は出てこなくても、その歌の破片が混然一体となって空から降ってくるような気がした。

ソ連時代にロシアのボブ・ディランと呼ばれた歌い手は、もういない。残るのはその記憶だけだ。私の頭の中を、青いトロリーバスの幻影がちらと横切って消えていった。

ロレンス・ダレル

失われた本を求めて

あれはいつ頃のことだろうか。

たぶん一九七〇年前後かもと思うのだが、記憶が飛んでしまってはっきりしない。金沢から横浜に転居して、しばらくたった頃のことのような気がする。

ヨーロッパから一冊の本が送られてきた。表紙の裏に、なにやら読みにくい走り書きで著者のサインと短い献辞がそえられている。

本の題名は『Tunc』。送ってくれたのは著者のロレンス・ダレルだった。

〈憶えていてくれたんだな、ラリーさんは〉

と、私は意外な気がして、あらためてその一冊の本のページをパラパラとめくってみた。

横文字の本は苦手だ。

しかし、私宛の献辞までしたためてある以上、何ページかは挑戦してみる義理があるだろう。

私は辞書を片手に読もうと努力したが、冒頭の何行かでたちまち挫折した。その後、しばらくの間、『Tunc』は私の机の上にあった。

やがてある文芸雑誌のベテラン編集者が、読みたいというので貸したら、そのままになってしまった。どうせ二、三カ月で読める本ではないと思っていたので、催促もしないうちに何十年かが過ぎた。返ってこないところをみると、彼は何十年かたっても、まだ読み終えていないにちがいない。

ある夏、私はニースでひとりの小説家と会った。ロレンス・ダレルというのがその作家の名前だったが、私には「ラリーさん」という印象しかない。

ラリーさんについては、わずかな知識しかなかった。

インド生まれの小説家であること。

『アレキサンドリア・カルテット』という四部作の長篇の作者であること。

ヘンリー・ミラーと親交があり、たがいに「ヘンリー」、「ラリー」と呼びかわす仲であること。

ご両人はお互いに相手を作家として高く評価しているらしいこと。

なにやらセックスに関して妖しげな風評があること。

女優のアヌーク・エーメが彼のファンであるらしいこと。

など、など。


いずれも文学者としての彼の真価とは関係のないゴシップの切れ端ばかりである。

もちろん有名な『アレキサンドリア・カルテット』の翻訳本を斜め読みしたことはあった。しかし、どうも自分には縁のない高度な文学作品らしいと感じて、第一部の『ジュスティーヌ』で挫折している。


ほかに中央公論社から出ている『黒い本』というのも買った憶えはあるが、読まなかった。

かの松岡正剛氏は伝説の書誌『松岡正剛・千夜千冊』の中で、彼に触れてこう書いている。かつて雑誌『遊』の編集部の若いエディターたちを前に、彼はこんなことを言ったのだそうだ。

「君たちはロレンス・ダレルも知らないなんて、ずいぶんつまらん人生を送ろうとしているんだね」

私もロレンス・ダレルの作品世界を知らない。だが、つまらない人生のある夏、一瞬だけ「ラリーさん」と出会った。私は彼がわざわざ贈ってくれた本への礼状をすぐに書こうと思いながら、ついにそのままになってしまった。

ニースで「ラリーさん」に出会う

作家、ロレンス・ダレルは死んだが、私の記憶の中に「ラリーさん」は生きている。ぼんやりと、そしてかすかに。

その夏、私はローマからニースへ飛んだ。ローマはどこか騒然としていた。ベネト通りのホテルで、日活の蔵原惟繕監督と偶然に会い、一緒に酒を飲みにいった。

「サッカーの国際試合があるんです」

と、蔵原さんは言った。彼はどこかの映画祭から引揚げるところだったらしい。

「このところスペイン内戦に関する本をぽちぽち読みはじめているんです」

と、彼は言った。

夜、革命がおこったかのような騒ぎがはじまった。津波のように自動車のクラクションが鳴り、群衆のシュプレヒコールが押し寄せてくる。

ベネト通りは人の渦だった。新聞紙に火をつけて疾走する男がいる。イタリア国旗を押し立てて歌いながら行進してくる一団がいる。

「学生たちだ」

と、レストランのコックが言う。

「なんのデモかね」

「サッカーでイタリア・チームが勝ったんだ。二対〇でユーゴをやっつけたのさ。よーし」

彼は白い帽子を脱いで、街路のデモの渦に駆けこんでいった。

「また革命かと思ったわ」

と、サングラスの老婦人がつぶやいた。

ニースの空港に着くと、ひどい天気だった。海岸の並木が倒れそうに風に揺れている。裸足の女の子が新聞紙をかぶって歩いている。

そんな天気の中で、ラリーさんは自分で小型車を運転して迎えにきてくれていた。その車を、彼は、

「わたしのエスカルゴ」

と、呼んでいた。

そのとき、ラリーさんと会うことになったのは、ロスアンゼルスのヘンリーさんからの届けものを渡すためで、仕事ではなかった。

私がフランスへいく、と言ったら、

「これを届けてくれないか。小包で送るのが心配でね」

と、小ぶりな荷物を托《たく》されたのである。

「ヘンリーのピンポンのライヴァルなんだって？」

と、ラリーさんは言って笑った。

「わたしは残念ながら卓球はだめなんだよ」

彼の運転する車でニースの海岸通りを走った。運転はイージーだったが、下手ではない。

有名なネグレスコ・ホテルの前を通るとき、彼は首をすくめて、プッと小さくクラクションを鳴らした。

「ひどいもんだ」

と彼は言った。

「グロテスクな建築だとは思わないかね。え？」

私は、そうですね、と同意したが、実のところ機会があれば一度、泊ってみたいと思っていたのだ。

「ニースはロシア人が多いんだよ」

と、彼は言った。

「革命後に貴族や大金持ちが逃げてきたんだ。だからロシア正教の寺院もある」

その日、私が泊ったのはウエストミンスター・ホテルというホテルだった。古びているものの、どこか味のあるくつろげるホテルだった。

のちに雑文のなかで、私はその時のラリーさんのことをこんなふうに書いている。

〈(前略)二時間ほど睡《ねむ》って降りて行くと、彼はロビーでウィスキーを飲んでいた。紺のネクタイが裏がえしになっている。顔も大きく、がっしりとした体格だが、背は私より低い。薄い唇と、どこかいたずらっぽい目と、サモンピンクの肌をしていて、早口の英語を喋る。ふだんは眼鏡を外しているが、料理のメニューなどを見る時は、薄茶のふちの眼鏡をかける。すると、ひどく威厳のある大学者のような表情になる。

「少し赤い顔をしてますね」

「おれはいつも酔っぱらってるのさ。作家には、これしかないんだよ」

ウィスキーのグラスを指で弾いて、ダレルは目を細めて笑った。(後略)〉

「オペラを書いてるのさ」

その晩、エスカルゴで街に出ると、ニースは妙に閑散としていた。本格的な夏のシーズンにはすこし早く、映画祭も中止になった年だったからだろう。ウイスキーを飲んでハンドルを握ったりすることは、私たちの常識からは考えられないことだ。だが、フランスでは当り前のことらしかった。

駅前から少し入って、なにやら薄暗い通りをゆっくりと走る。建物の陰に女たちが立っている。おおむね若くて、褐色の肌をした娘が多い。アラブ系の娼婦たちだろうか。

「ビザンスー」

と、ラリーさんが呟《つぶや》く。

「おれがもっと若かったらなあ」

と、彼は片手をハンドルから離して指でピストルの形を作り、ダン、ダン、ダン、と狙撃するまねをして大声で笑った。

その晩おそく、田舎ふうの造りのレストランで、食事をし、海ぞいの酒場へはいった。海は暗く、海岸に人影も少なかった。

「コニャックとコーヒーを、かわりばんこに飲むんだ。試してごらん。いけるよ」

と、ラリーさんが言う。

殺されたロバート・ケネディの話が出た。

「彼が死んだことを、どう思いますか」

と、私は場にそぐわないことをたずねた。

「うん」

ちょっと首をかしげてから、ラリーさんは「セ・ラ・ヴィ」と言う。

私はフランス語も英語も駄目だが、その言葉のニュアンスはわかった。なにか古い映画で、そのせりふが出てきたのを憶えていたのである。

外にでると、雨がやみ、黄色い月がのぼり、風も止まっている。

「モナコも、カンヌも、このセーヌも、みんな俗物の街だよ。おれは好きじゃない」

と、ラリーさんは言う。

翌朝、ホテルの前のテラスで、またラリーさんと会った。コーヒーを飲みながら、ぽつん、ぽつんと簡単な会話をする。

ラリーさんは、その日のフィガロ紙をひろげて、一面から順々に見出しを英語に訳して説明してくれた。わからない単語は、身ぶりと、ナプキンに描くデッサンで伝えてくれる。

話はやがて、彼の『アレキサンドリア・カルテット』の映画化のことになった。

「主演はアヌーク・エーメだそうですね」

「うん。彼女は素晴らしい女優だ」

「知り合いなんですか」

「こないだニースにきて、わざわざおれの家にやってきたんだよ」

それから彼女について何かひとしきり喋ったが、私には意味がわからなかった。ただ、ラリーさんがアヌーク・エーメをとても気に入っているらしいことだけはわかった。

「いま、なにを書いているんですか」

私がきくと、彼は微笑して、

「オペラを書いてるのさ。家でピアノを叩いて、こつこつと」

「作曲もするんですか」

「いや、感じをつかむためにね」

それから何やら勝手に喋りはじめた。ジェイムズ・ジョイスが凄くいいバリトン歌手だったとか、広重の絵が気に入っているとか、そんな話らしかった。

「前にヘンリーのところへいった時の話だけど、アメリカに入国する際に、税関の役人が、あんたポーノグラフィを持ってやせんだろうな、とこわい顔できくんだ。しゃくにさわったから、おれはフォノグラフさえ持ってない男だぜ、と言ってやったよ」

残念ながら私にはそのジョークが理解できずにぽかんとしていた。ラリーさんは、首をかしげている私を見て、両手をひろげて肩をすくめた。たった二日のニースだったが、なぜか忘れられない旅だった。

フランソワーズ・サガン

『悲しみよ　こんにちは』は、隠れて読んだ

私が大学生だった頃、というと一九五〇年代の前半である。たしか入学金が五万円で、前半期の授業料が一万七千円だったたと思う。今から考えると天文学的？　に安かったのである。

全共闘などという気の利いたものはなく、もっぱら全学連、都学連の時代だった。入学した年に「血のメーデー事件」があったりして、とても授業どころの話ではない。今はアベックの名所となっているあたりは、当時、人民広場と呼ばれていたのである。いや、アベックといっても最近の若い人たちには通じないらしい。

「え、アベック？　それなんですか」

と、先日、若い編集者に言われた。知らないわけはないのだが、たぶんからかわれて

いるのだろうと思いつつ、

「ほら、男と女が一対になってるやつ。フランス語じゃないのかな」

と、私が応じると、相手は苦笑して、

「あ、それならカップルと言ったほうがいいですね」

カップルだかアップルだか知らないが、戦後はアベックと称していたのだ。たぶん、アプレゲールなどという言葉も知らない連中にちがいない。

こんどサガンと会うんだよ、と言ったとき、一瞬、え？　といった顔をする。

「ほら、サガンだよ、『悲しみよ　こんにちは』の」

「ああ、『ティファニーで朝食を』の作家ですね」

「まあ、そういうこと」

いちいち相手の間違いを直してやるボランティア精神は、この年になるともうないのである。

そのカポーティ、じゃなかった、フランソワーズ・サガンと会うことになったときは、いささか気が重かった。なにしろ、それまであまり作品を読んでいなかったからである。

私の大学生時代には、サガンが好きだ、とはなんとなく公言しづらい雰囲気があったのだ。フランスの現代文学といえば、もっぱらサルトルかカミュである。ルイ・アラゴンやポール・エリュアール、ヴェルコールなどを持ち歩いたとしても馬鹿にはされない。ボリス・ヴィアンやセリーヌあたりだと、おヌシひと癖あるな、と白眼視されつつも一目おかれるマゾ的な優越感があった。

当時は仏文科というのが、やたら恰好よかったのだ。その頃、在学中に『新潮』の同人雑誌賞をとって、颯爽と文壇にデビューした三浦哲郎と廊下ですれちがったとき、

「あれが仏文の三浦だ」

と、つれの仲間がささやいたことを憶えている。私たちは、文学部で最も地味なロシア文学専攻だったから、廊下の端を歩いているような感じがあった。まあ、せいぜい十九世紀のドストエフスキーかゴーゴリ、プーシキンかチェーホフあたりをしこしこ読むしかない。仲間うちでもことに沈鬱な雰囲気のT君の専門が、ネクラーソフであったことなども懐しく思いだす。彼はノートに「根暗曽父《ねくらそふ》」と漢字で書いて持ち歩いたりしていたのだ。

そんなわけで、颯爽とフランス文壇に登場して天才少女とうたわれたサガンを読むのは、なんとなくはばかられる気配があった。

それでも『悲しみよ　こんにちは』は、隠れて読んだ。うらやましい、と思い、そんな感情を抱いた自分を恥ずかしく思ったものだった。「ブルジョアジー」という言葉を、「悪いやつら」と頭の中で訳していた時代だったのである。

いますぐディスコにいきましょう！

しかし、実際に会ってみると、私はそれまでの固定観念がすぐに氷解していくのを感じた。その席にプロの通訳とは別に、Mさんというフランス人を知りつくしたサポーターがいてくれたことが幸運だったのだろう。サガンの言葉のニュアンスを同時通訳的に鮮やかに伝えてくれて、サガンも彼女をとても信頼しているように見えた。

いちど朝吹登水子さんの別荘にうかがったおりに、サガンの話になった。そのときにすすめられて読んだサガンのインタヴュー集の中に、すごく面白い話があって、そのことをぜひききたいと思っていた。しかし、当日の話題は、思いがけず車の話から始まったのである。

私が、きのう五年間乗っていた車を手放したばかりだ、と言うと、サガンは体をのりだして、「それ、どういう車？」と真剣な表情できいた。サガンはびっくりするほど高い鼻をしている。目の前に高い鼻が迫ってきて、私は思わずたじろいだ。

「ポルシェの古いやつです」

と言うと、さらに体をのりだして、

「ポルシェのどういうタイプなの？」

と、しつこくきいてきた。九一一Sの二・四リッターだ、と私は答えた。するとサガンは大きくうなずいて微笑した。後悔と懐しさが入り混じったような「ある微笑」だった。

「そう。あれはとてもきれいな車ね」

サガンがアストンマーティンを乗り回していたことを私はふと思いだした。

それから少し車の話になり、やがて東京にもディスコはあるの？　と彼女はきいた。

もちろん、と私が答えると、サガンはいきなり立ちあがるジェスチュアをして、

「いまからいきましょう。すぐに。そこでインターヴューをすればいいわ」

どう？ と彼女は周囲にたずねた。半ば本気の口調だった。だが、皆が笑うだけで相手にしなかったので、サガンは両手をひろげ、ソファーに坐りこんだ。

それから少し仕事の話になり、彼女が大好きだというヘンリー・ミラーの話題になった。私がヘンリーさんと卓球の試合をして勝ったことを話すと、彼女は愉快そうに大笑いをした。そして、実は自分も卓球が強かったのだ、ヘンリー・ミラーほどではないにしても、とサーブの真似をしてみせた。私がロレンス・ダレルと南仏で会い、彼の「私の『ジュスティーヌ』や『バルタザール』の作家ね。あの一連の作品はすばらしいと思うわ」

「エスカルゴ」という車に乗せてもらった話をすると、サガンはうれしそうに言った。

そして、彼と結婚したのは、自分の親友なのだ、と言った。イレーヌという友達だ、と噂話《うわさばなし》をするような口調で言う。

「ところで、ダレルはどんな車に乗ってたの？」

古いビートルだった、と私は言った。サガンは手を叩《たた》いて笑った。

何となくさみしそうな、悲し気な顔……というけれど

「これはぜひわかってほしいことなんですけど」

と、彼女は話しだした。

「世間の評判というものは、ほとんど人為的に作られたものなんですよ。もちろん私がちょっとした倦怠感を人生に抱いている人間だということ、そういうイメージで見られている作家だということは、たしかにあるでしょう。たとえば私のところへやってくるカメラマンとかジャーナリスト、その他の様々な人びとが、あんまりわずらわしいと、どうしても不機嫌な、おもしろくないなあっていう自分しか見せられないんですよね。だからみんなはいつも私のことを、何となくさみしそうな、悲しげな顔をしてるっていうんですけど、それは仕方がないでしょ。だって私は自分自身について人びとに説明するために一つの部屋に閉じこめられ、長い時間、写真をとられたりするんですから。外

はすてきなお天気で、その上さらに私とデイトの約束をして待っている若い男の人がいるというのにこの私は際限なく人びとの質問に答えなくちゃならない。写真もとられなくちゃならない。そんな状況で、どうして私がいきいきと陽気に振舞えるでしょうか。私はそんな自分が哀れに思われ、かなしく、不機嫌になってしまう。それをまた写真にとられ、そういうニュアンスの記事になる。そしてアンニュイとか投げやりとかいった世間のイメージが出来てくるんです。実際のこの私は冗談が好きで、遊ぶことも、ほかのことも、力いっぱい極端なほどのめりこんでいく向うみずな人間なの。その辺をわかってくださるでしょう?」

そして続けた。

「本当のところ、私はそう傷つきやすいタイプの人間じゃありません。これでも結構、抵抗力は強いし、芯も強いところのある人間なんです。私は何に対してでも行き過ぎるところはあるけど。でも、過剰ということの後にしか、本当の充足ということはあり得ないんですから」

サルトルとボーヴォワール

それからサルトルの話になった。私はきいた。

「いろいろうかがうと、あなたがサルトルに対してなみなみならぬ共感をお持ちだということの理由が判るような気がします。あの人も、かなり行き過ぎる人物ですからね（笑）」

「ええ。実存主義という思想は、本質的には非常に有用なものなんですよ。しかし、それが人びとにあたえる政治的な結果は、とてもひどいものであると言えるんじゃないかしら」

「それは、どういう意味ですか？」

「サルトルはコミュニストのやる事だったら、何でも認めてしまうんですから。もっともそれを間違いだったと後で自己批判してますけど」

それからサルトルとボーヴォワールについて私が質問すると、彼女は笑って言った。

「ちょっと困る質問ね。私、サルトルもボーヴォワールも両方ともよく知り合っている友人なんですから」

「ボーヴォワールは、複数の女友達を持っているサルトルに対してヤキモチをやかないんですか?」

「とんでもない! もちろん、やきますとも! そりゃ、すごいわよ!」

「でも彼女が書いているものを読むと、その辺に関してはきわめて冷静に、淡々と――」

「だって、そりゃあ彼女はすぐれて知的な人ですから。でも彼女、本当はすごく嫉妬深いのよ。あるときサルトルが自分は今日の午後は自分の部屋で仕事をするよ、って彼女に言ったんです。ところが、なんと私はその時間に小さなホテルで女優と一緒にいる彼とばったり会ってしまったんですね。夜の六時から八時ぐらいの時間だったかしら。その後で彼は自分の部屋へもどり、ちょっと仕事をして、それからシモーヌのところで夕食をとったのね。そのとき、きょうの午後は何をしてたの、ってたずねるシモーヌに、サルトルったらこう答えた。〈自分は午後中ずっと、人間の本質について考えていたよ〉って（笑）」

そして話は映画のことになり、マリリン・モンローについて、彼女はこう言った。

「彼女がドストエフスキーを熱心に読んだというのは、単なる知的なアクセサリーじゃなかった。彼女はアーサー・ミラーよりも、はるかにドストエフスキーを良く理解したでしょう」

ドストエフスキーの作品では、何がお好きですか、と私がきくと、サガンはうなずいて、

「私はやはり、あの、何というのかしら、〈憑《つ》きもののついた人〉といったような題名の——」

「〈悪霊〉ですね」

「そう、あの中にでてくるキリーロフのような人物には、すごく興味があるわ」

そして、首をふってこう言った。

「ドストエフスキーは本当に面白い。私、読んでいて、いつもつい笑ってしまうんです」

話が映画から音楽になって、私がサルトルがグレコのために作詞したシャンソンについて感想をのべると、サガンは笑って言った。

「あれはグレコのウインクにサルトルがふらふらっとなったからよ。ちょうどその晩、ボーヴォワールがいなかったから（笑）」

サガンは男っぽくて、とても面白い人だった。

川端康成

中間小説が元気だった時代

私はこれまでに弔辞というものを三度読んだことがある。「読んだ」という言い方でいいのだろうか。「捧げる」と書くべきなのか。私はその辺にまったくうとい人間なのだ。

いちばん最近の弔辞は、野坂昭如の青山葬儀所での告別式のときのものだった。読経がなくて、『黒の舟唄』か何かが流れていて、いかにも彼らしいセレモニーだった。

そのときの弔辞はコクヨの四百字詰め原稿用紙に万年筆で書いた。パソコンで打つのではなく、原稿用紙を使う最後の世代としてのせめてもの行儀である。あとでそれを受け取られた遺族は、さぞがっかりなさったのではあるまいか。

三度と書いたが、あとのお二人は文藝春秋の池島信平さんと、講談社の三木章さんだった。長く文壇に君臨した文春が、なぜ私のような青二才に弔辞を読ませたのか、今でも謎である。ひょっとすると文壇政治の渦中で、もっとも利害関係のない小物を立てようという思惑があったのかもしれない。

池島信平さんは、たしかに私が新人の頃からなぜか私を贔屓《ひいき》にしてくださった大先輩だった。どういうわけか田中清玄氏と私を引き合わせて、彼をモデルに小説を書かないかとすすめてくれたこともある。

池島さんの葬儀のときに、弔辞の原稿はご遺族に差しあげるしきたりだとはじめて知った。適当に書きなぐったメモだったので、改めて教えられた通り薄墨で書き直したものを後日、お渡しした記憶がある。

あとの一人、講談社の三木章さんは、私の新人賞の舞台である『小説現代』の高名な編集長である。

思えば昔は、「編集長の時代」とでもいえそうな時代があったのだ。『文藝』の坂本一亀さんや、『群像』の大久保房男さん、『新潮』の齋藤十一さん、『中央公論』の粕谷一希さん、など伝説の編集長が文壇に君臨していたものである。『君たちはどう生きるか』の原作者として最近、中高生にも知られるようになった吉野源三郎なども、雑誌『世界』のスター編集長の一人だった。

そんななかで、純文学の世界とは一線を画する、いわゆる中間小説誌の編集長が三木章さんだった。

一九六〇年代後半から七〇年ごろにかけての中間小説の活況は、特別なものがあった。いわゆる「御三家」（小説現代・小説新潮・オール讀物）の売上げが百数十万部というのは、今は伝説のように語られている。私がたまたまそのピークの時代に遭遇したのは、はたして幸運だったのか不運だったのかはわからない。とりあえず当時の文芸ジャーナリズムの火山活動期を担う最強の媒体だった。

エンターテインメント、などという言葉は、まだ一般的ではなく、ほとんどが「エンターテイメント」と「ン」抜きの表記だった時代である。

中間小説誌というのは、一種「ヌエ」的な存在として見られていた。川上宗薫さんの官能小説、柴田錬三郎さん、五味康祐さんなどの剣豪ものも載れば、三浦哲郎さんや、第三の新人といわれた吉行淳之介、遠藤周作などの純文学畑の人も書くといった風通しのいい舞台だったのである。たしか川端康成さんの『雪国』の最後の章は、『小説新潮』に載ったものではなかったか。

野坂昭如、井上ひさし、などの若い書き手も中間小説誌の全盛期に登場した新人だった。

田中小実昌さんのように、中間小説誌と純文学誌を同時に書くような作家も少なくなかったのである。そういえば、のちに「内向の世代」と称される文学グループのエース、後藤明生さんなども、当時は『平凡パンチ』の編集者として腕をふるっていたものだ。私が『青年は荒野をめざす』というジャズ小説を同誌に連載したときの担当編集者も彼だった。

そんなわけで、『小説現代』編集長の三木章さんは、大衆小説、純文学の垣根をこえて相当な存在感があった人物だったのだ。

三木さんは小説家としての私の、育ての親と言ってもいいだろう。新人賞にはじまって作品集、エッセイ集の刊行まで、ずっと応援を惜しまなかった編集者である。シベリア帰り、という経歴もあったのかもしれない。三木さんの抑留体験は、折りにふれてご本人から聞かされたものだ。

〈オッパイが先に出てくる街の角〉

という三木さんがしばしば口にした川柳の情景が即座にわかるためには、ソ連軍女性将校の雄大なバストを見聞している必要があったのである。

三木さんは、そのシベリア体験からして、社内ではロシア語の達人として認められていた。ある時、宇宙飛行士ガガーリンが訪日し、講談社を訪問することになった際も、社内に三木さんの流麗な通訳を期待する向きが多かったのは当然だろう。

しかし、その当日、三木さんは突然の風邪ということで出社しなかった。私もほっとした一人だった。

当時、三木さんは、部内に大村彦次郎、宮田昭宏など凄腕の編集者を擁して、それはそれは、颯爽たるスター編集長だったのである。

文学全集の口絵写真がずらり並んでいた

話は一九六八年あたりにとぶ。

私が直木賞を受けて、最も酷使されていた時代のことだ。私の記憶はすこぶる曖昧で、記憶ちがいも少なくない。半世紀も前のことだから、お伽話として読んでいただくしかあるまい、と最初からお断りしておく。

高齢作家の思い出は、常に誤りが多いものである。明治の頃の著名作家の回想録なども、重箱の隅を突っつけばきりがない。私の話も、高齢者のたあいのない自慢話として読んでいただければ、有難い。

ある晩、私は三木編集長に声をかけられて、銀座の高級クラブに連行された。当時、私は金沢に住んでおり、月に一、二度、上京するという暮らしだったのである。

そのせいで、いわゆる文壇人とのおつき合いというものが、ほとんどなかった。まれに新人賞の選考委員だった有馬《ありま》頼義《よりちか》さんに呼ばれて、若い作家の集まる私的な会に何度か顔を出したくらいだった。そこには若い頃の色川武大（阿佐田哲也）さんや、大学生の立松和平さん、三浦哲郎さん、後藤明生さん、渡辺淳一さん、早乙女貢さんなどの新人作家の顔があった。のちに「石の会」と名づけられた集まりだったが、なにしろ金沢在住とあって、誘われてもほとんど出席する機会がなかったのだ。

私のロシア語の師匠だった横田瑞穂先生は、古い友人の井伏鱒二さんに紹介してくださったし、『群像』の大久保さんは丹羽文雄さんの会に出ないか、と誘ってくれた。三木さんには松本清張さんの自宅に連れていかれたこともある。要するに新人は文壇の端っこに参加したほうがいい、という時代だったのだろう。

しかし私は根がひねくれ者なので、ほとんどそのすすめにこたえることをしなかった。金沢という、当時は北陸の片隅に住んでいたことを理由にして、あえて孤立してやっていくつもりだったのである。

その晩、三木さんは「今夜は凄いところに連れていってあげよう」と、私に言った。はじめて訪れたその店は、銀座の「ラ・モール」という酒場だった。

文壇バー、などというと、カウンターの小ぢんまりした店を想像しがちである。しかし「ラ・モール」は三木さんの予告どおりたしかに凄い店だった。よくは憶えていないが、花田さんというさばけたマダムがいて、「やっと顔を見せてくださったのね」と笑顔で迎えてくれたことを憶えている。

それは田舎者の私には、驚くほど豪華な店だった。なにより仰天させられたのは、店にはいって客席を見たときの光景である。

それはまるで文学全集の口絵写真がずらりと並んでいるような眺めだった。小林秀雄さんから始まって、写真でしか知らない評論家、批評家、作家などが目の前に勢揃いしていたのだ。たぶん何かの会の流れだったのだろう。

フロアでアコーディオンを伴奏にフランス語のシャンソンを歌い踊っている人は、安岡章太郎さんだった。それは『巴里祭』という戦前の映画の主題歌だった。

彫像のように身じろぎもせず

店の片隅に坐ると、三木さんはいろんな作家たちに如才なく挨拶し、私を引っぱっていって適当に紹介してくれた。私はあがってしまっていて、誰が誰だかわからないままに頭をさげて回った。

やっと席にもどったとき、一人の和服姿の痩せた人物がやってきて隣りに坐った。向うが黙っているので、私も黙っていた。するともどってきた三木さんが、びっくりした顔で、

「これは、これは、川端先生」

と言った。私はそのときはじめてその小柄な男性が『雪国』の作家だと気づいたのである。

私は川端康成さんの熱心な読者ではなかったが、『片腕』とか好きな作品がいくつもあって、その作者が目の前に坐っていることが、どうしても信じられなかった。固まっている私に、川端さんは、まばたきもせずに言った。

「赤坂のビブロスという店を知っていますか」

「はい」

当時、「ビブロス」と「ムゲン」というクラブは、時代の先端をいく伝説の有名店だ

った。超一流のアーチストがジャンルをこえて交遊するクラブといわれていた。私は紀伊國屋の田辺茂一社長に一度だけ連れていかれたことがあった。田辺さんがそこで、「この人と踊りなさい」と引き合わせてくれたひとが、やんごとなき世界の女性であったことは後で知った。

「そこへ一緒にいきましょう」

と、川端さんは言った。「三木さんは、ほかの作家のお相手でいそがしそうだから」。私は、ちょっと待ってください、と断って席を立った。姉御肌の花田さんにその話をすると、わたしが向うに連絡しておいてあげるから大丈夫、と言う。

後を彼女に託して、私は川端さんとタクシーに乗った。「ビブロス」と「ムゲン」は隣り合わせにあった。赤坂三丁目のあたりだったと思うが確かではない。

花田さんの口ききは絶大だった。私たちは薄暗いボックス席に案内されて、川端さんはそこからステージのバンドや、フロアで踊っている客たちの姿を、彫像のように身じろぎもせずじっと眺めていた。

「三島さんもよくくるんだそうです」

と、私が言うと、川端さんは黙ったままだった。

「どこか違う店にいきましょう」

と、しばらくして川端さんが言った。「ビブロス」から「ムゲン」に梯子をして、その後に「深海魚」という「絨毯バー」にいった。靴をぬいではいる店である。

そこの支配人が気をきかせて、少女たちのグループと私たち二人を合流させた。たぶんあの男二人の客がお酒をごちそうしてくれるよ、とでも言ったのだろう。

ちょっとぎこちない空気が漂うなかで、川端さんは、手品のようにどこからか雑多なアクセサリーをとりだした。高価なものではないが相当な数の品々だった。

「欲しいものを取りなさい」

と、川端さんは言った。少女たちは最初は躊躇していたものの、やがて目の色を変えて品物をチョイスしはじめた。ときには取りっこになったりする。川端さんは無言のまま、彼女たちをじっと眺めていた。

川端さんがノーベル賞を受賞したのは、その年の秋だった。

石岡瑛子

ガミちゃん

一枚の写真がある。

二人の男性にはさまれて、というより、二人の男性を引きつれて異国の街角を悠然と歩いている黒衣の女性の写真だ。

レインコートに手を突っこんで、めずらしそうに周囲を眺め回している右側の、お上りさんふうの中年男が私である。左側の長髪の芸術家ふうの男性は、コートの前をあけ、CONTAXのカメラを首からさげている。はいているのは裾広がりのパンタロンだ。

うつむきがちに視線を足もとに向けている。写真家の沢渡朔さんである。

二人の日本人男性にはさまれて、ひたと正面を見据えている黒衣の女性がいる。唇をきっと結んで、前をさえぎる者は許さないぞ、といわんばかりの意志的な表情である。

アフリカふうのスカーフを固く頭に巻き、裾を引きずるような真黒のコートを着ている。襟は鋭く立っている。それが石岡瑛子だ。

彼女は一篇の小説をヴィジュアルな物語にする仕事の指揮者として、その異国の街へ乗りこんだのだった。一九七六年、ブルガリアの首都ソフィアでの仕事である。

石岡瑛子は常に指揮官だった。アートディレクターとか、グラフィックデザイナーとかの肩書は関係ない。第一回の『ソフィアの秋』を制作するとき、彼女は沢渡朔さんを起用した。二回目の『暗いはしけ』のリスボンのロケの際には操上和美さんを指名した。キャスティングに関して、彼女は決して人まかせにはしない。これと見こんだアーチストを、膝詰め談判で参加させている。

石岡瑛子は自分の地位を確立してからは、常に指揮官であり、現場監督であり、独裁者だった。

「わたしのアダ名、知ってる?」

と、あるとき彼女は私に苦笑しながらきいた。深夜までやっている青山の「パスタン」という店だった。

「知らない」

「ガミちゃん、だって」

「ガミちゃん？　ふーん、なるほど」

「どういう意味だろう」

「きまってるじゃないか。きみがいつもスタッフをガミガミ叱ってばかりいるからさ」

しばらく黙っていた彼女は、ため息をついて言った。

「仕事に誠実でないのが許せないタチなだけ」

たしかにそうだ。石岡瑛子は仕事に誠実で、そのぶん他人にも厳しかったにちがいない。


「だれも、だれ一人、協力してくれなかった」

あれは一九七三年のことだ。私の書いた小説『幻の女』という作品が舞台化されたことがある。そのときの美術監督を石岡瑛子に頼んだのは、ムンクの『叫び』をモチーフにした小説だったからである。

彼女はこころよく引受けてくれた。だが、その後が大変だった。七〇年代のはじめといえば、まだアートディレクターの地位が確立されていない時代である。新劇の世界でも美術に対する関心は、きわめて希薄だったと言っていい。古い新劇、という言い方は変だが、十九世紀的な舞台観にこりかたまっている劇団側にしてみれば、乗りこんできた若い女の指示で動いたりするはずがなかった。大道具、小道具、背景の書き割りを用意する職人さんぐらいの感覚だったにちがいない。

美術監督としてそこへ乱入した石岡瑛子は、散々な扱いを受けることとなる。

舞台が終ったあと、彼女は私を呼びだして何時間もその戦いの様子を語ってやむところがなかった。

「だれも、だれ一人、協力してくれなかった。わたし、夜中に独りで泣きながら舞台の床を雑布で拭いたんだよ」

ときどき彼女は子どものころ、一時、東北の街にいたときの話をしてくれた。当時、アメリカから送られてくる物資のなかに、ハーシーのチョコレートがあった。その包装のデザインが彼女をうっとりさせた。なんという魅力的なデザインだろう、と幼い少女は魂を奪われたようになり、その包み紙にアイロンを当て、ひそかに自分の机の引き出しに、宝物のように大事にしまっておいたという。

かなり早い時期から、私は自分の本のデザインを彼女に頼んでやってもらっていた。出版元のほうが、あまりいい顔をしなかったのは、仕事に対するチェックが厳しすぎて面倒だという、官僚的な姿勢が原因だった。大日本印刷とか、名の通った印刷会社の現場といつももめるのだから無理もない。

一九七六年あたりだったと思う。私がしばらく「休筆」して、ジャーナリズムに復帰したとき、最初の長篇連載のイラストレーションを彼女に頼んだ。『戒厳令の夜』という小説だった。その雑誌連載のイラストは、おそらく小説の挿絵としては革命的なものだったと思う。単行本の装幀もお願いし、デパートで挿画展も開催された。あの作品が当時、話題になったのは彼女のイラストレーションのせいだったのではあるまいか。

石岡瑛子の「作品」となる

この半世紀以上、仕事の関係でいろんな写真を撮る機会があった。そのなかでも強烈に印象に残っているのは、石岡瑛子自身がシャッターを押して撮影してくれたポートレートである。

撮影のとき、彼女のアシスタントをつとめている男性がいた。すごく有能そうで感度のいい青年だった。石岡瑛子は例によって指揮官ふうに、次から次へと細かな指示を出す。

〈ガミちゃんといわれるのもわかるな〉

と私は心の中で苦笑していた。

「その音楽、ちがう」

と、彼女は苛立《いらだ》った声で言う。

「なにをかけますか」

「そっちで判断して」

一枚のポートレートを撮るために、あれほど時間をかけたことはなかった。

しかし、できた写真は、まさに石岡瑛子の作品だった。自分とは思えない自分がそこに写っていたのだ。

のちに『TARIKI』という英文の本を出したとき、その写真をカバーに使わせてもらった。ニューヨーク・タイムズに出した広告も、その写真だった。

「ニューヨーク・タイムズって、いい新聞社だね」

と、後で彼女は言った。

「版元が本の広告出したいって申し込んだら、これまで広告を出したことがありますか、ってきかれたんだって」

「ふーん」

「はじめてだって言ったら、しばらく考えて、それじゃ定価より少し安くしましょう、そのかわり将来もずっとうちに広告を出してくださいね、って言ったそうよ」

彼女がレニ・リーフェンシュタールに夢中になっていたとき、私はちょっと疑問をもったことがあった。レニが戦後、再起してアフリカの人びとを撮った作品を見て、彼女は変わっていないと感じたからだった。その写真のアングルが、つねに下から上へ、被写体を偉大に見せるアングルだったからである。『戒厳令の夜』のイラストには、ナチの軍人のうしろ姿がいくつもあった。その絵には奇妙なエロティシズムがみなぎっていて、なにか胸をドキリとさせるものがあったのだ。

世界を超える表現者

一九八三年、求龍堂から『石岡瑛子風姿花伝』という、超豪華な図録が出版された。ちょっと類を見ない凄い本だった。黒澤明をはじめ、イサム・ノグチ、坂本龍一、田中一光、堤清二、糸井重里、沢田研二、藤原新也、操上和美、東野芳明、長沢岳夫、角川春樹、松岡正剛、三宅一生、そしてレニ・リーフェンシュタールなどの人びとが言葉を寄せている。

私はそのなかで、こんな文章を書いた。

〈もし、ヒトラーが1970年代の日本に突然出現し、その政治的野望のもとに大衆をファシズムの嵐の中にまき込もうと志したとしたならば、彼は必ずや石岡瑛子のスタジオを訪問し、その運動への参加協力を彼女に懇願したであろうことは間違いない。

そして、彼女がその申出を拒絶したなら、即座に彼女を追放、もしくは収容所へ送りこむだろうことも、また確かである。

それは、石岡瑛子という女性が、現代の日本において、最も卓越したアートディレクターとして認められているからではなく、彼女が視覚的な表現者として真に大衆の心を摑《つか》み、それを動かす才能を有する最大のライバルであることを悪魔の直感で見抜いているからである。ヒトラーにとって、彼女はきわめて危険な非政治的ミディアム（巫子《みこ》）であると同時に、もしも自分の側に引き込むことができた時はいかなる科学兵器よりも強力な武器となりうることを彼は知っているにちがいないからだ。

ありがたい事に、現代の日本には、ヒトラーほど危険な才能を持つ政治家はいない。

そのかわりに凡庸ながらも、大衆の感覚の急激な変化にようやく気づきはじめた企業が、

きそって石岡瑛子の恐るべき能力を利用しようと競争している。（中略）

彼女は三つの点で、同時代のアヴァンギャルドの先端に立っている。ひとつは日本および日本人という疑似イメージを超えたこと。第二はアートディレクターとしての存在を通じて、表現のカテゴリー化を打ち破ったこと。クロスオーバーではなく、私には彼女の仕事ぶりはクロスカウンターのように見える。更に彼女はその仕事のスタイルを通じてセクシーであることによって、女性の限界を超えたオルガナイザーとなりえた。この三つの点で彼女は80年代には、おそらく自然に世界を超える表現者として歩み出す可能性を暗示している。

石岡瑛子の資質のなかで、もっとも特徴的なことは、彼女が常に相手を必要とする表現者であるということだ。彼女はマスターベーションをするより、表現の場を通じてファックするアートディレクターである。言いかえれば、常にコレスポンダンスする対象と共生する存在なのだ。（後略）〉

日本にない空気の中で

ニューヨークで彼女の仕事場を訪ねたことがある。

「なぜアメリカに？」

と、きいた私に、彼女はジェスチュアをまじえながらこう言った。

「撮影でハリウッドにいったの。スタジオにはいると、全員がちゃんと各自の準備をして待ち構えている。エイコ、これでいいのか、エイコ、この背景は大丈夫か、って、全員がアートディレクターのわたしの顔色をさぐりながら緊張してる。あの仕事に対する緊張感がたまらないんだ。たとえわたしが若い日本の女であっても、アートディレクターの権限と能力に対して、全スタッフが息をころしてみつめているの。カメラの人は、びっくりするぐらいのキャリアのあるベテランだったりするけど関係ない。わたしが表現者として何をしたいかを察して献身的に協力してくれるんだ。それで仕事が終ったら、エイコ、ハンバーガー食いにいくかい、ってフランクに声をかけてくれる。そんな雰囲気が日本にはないでしょ。わたしが生きてるあいだは無理だよね。だからわたしはアメリカにいるんだ」

石岡瑛子が活躍した七〇年代から八〇年代は、この国の広告もＣＭも、生き生きした未開の新天地だった。広告がアートであり、アートが時代を彩る空気があった。

東京オリンピックのアートディレクターを石岡瑛子がやったら、とふと妄想にふけることがある。

私がニューヨークで石岡瑛子に会ったとき、彼女はオペラの美術監督の仕事をしていると言っていた。そしてその舞台のデザインや、出演者の衣裳などの写真を見せて、熱っぽく語ってくれた。しかし、どこかにいまひとつギラギラした精気のようなものが感じられなかったことを思い出す。

いま広告やキャンペーンの世界に、ドキドキするような刺戟《しげき》はない。石岡瑛子の時代、あれは一瞬の幻だったのだろうか。

阿佐田哲也

くたびれたジャケットを羽織った痩せた青年

色川武大さんの仮りの名を阿佐田哲也とすべきなのか、その逆なのか私にはわからない。

はじめて会ったのは一九六六年（昭和四十一年）である。阿佐田さんが三十七歳のときだ。

私は文壇の片隅に登場したての新人で、まだ金沢に住んでいた。当時、勢いのあった中間小説誌『小説現代』の新人賞に応募し、受賞してそれが直木賞候補になった。デビュー作で候補になること自体が予想外だったから、もちろん期待もしていなかった。

当時、共同通信の文化面担当の記者だった高井有一さんが取材にこられて、驚いた記憶がある。

「今回は――」

と、高井さんは言った。「まあ、立原正秋さんでしょうね」

結果はその通りだった。そもそも新人賞を受けたことがラッキーだと思っていたのだ。直木賞など遠いところの話だと感じていたのである。

新人賞を受けてしばらくして、有馬頼義さんから連絡があった。自宅で若い作家の気のおけない集まりをやっているから顔を出さないか、というお誘いだった。有馬さんは私が受けた新人賞の選考委員である。しかも私の故郷である福岡の旧筑後地方の殿様の末裔だった。父親は伯爵で、母親は北白川宮家の娘さんであると聞けば首をすくめるしかない。世が世なら殿様である。

そんな高貴な出の有馬さんが、小説家に身を持ち崩したのはどういうわけだろう。いずれにせよ直木賞作家であり、『四万人の目撃者』や『終身未決囚』などの作者として知られていた先輩作家である。世間からはミステリー作家、人気流行作家のように見られていたようだが、ご本人は文学的志向のつよい小説家だった。のちに『早稲田文学』

の編集長などもつとめられている。

なにしろ新人賞に選んでくださった選考委員でもあり、郷里の殿様のご一家でもあるので、私も親切なお誘いを断るわけにはいかなかった。

べつに気負っているわけではないが、私はあまり群れることが好きではなかった。ことに若手作家の集まりとなると気が重い。阿佐谷だったか荻窪だったか、いずれにせよ中央線沿線のお宅へうかがったときも、いささか屈折した気分だったことを憶えている。

色川武大という人と会ったのも、その会である。何年か前に中央公論の新人賞を受賞した作家であることは、その時は知らなかった。

ノータイのシャツに、ちょっとくたびれたジャケットを羽織った痩せた人物だった。

その集まりには、すでに芥川賞を受賞した現役作家や、地味な同人誌に書いている人たちや、いろんな書き手がいた。色川さんは、ほとんど発言しないで、黙って片隅に坐っていた。金沢から上京した私も、なんとなく居心地が悪く、ちょっと仲間はずれのような感じだった。

なにしろ有馬邸には青木繁の絵などが、無造作に転がっていたりするのである。競馬の有馬記念の日には、中央競馬会から差し回しのキャデラックが迎えにくるという話だった。有馬さんの父君である有馬頼寧《よりやす》さんは、日本中央競馬会の理事長をつとめた人物だという。

いずれにしても地方在住の新人である私にとっては、あまり居心地のよい座ではなかったのは事実である。そんなこんなで、なんとなく色川さんと私は、部屋の片隅でぽつんと坐っていたのだ。

その集まりの帰りに、どちらからともなく目顔で誘いあって駅までの道を歩いた。

「金沢はどうですか」

と、色川さんはポケットに手を突っこんで歩きながらきく。

「まあ、天気は悪いけど、ほっといてくれるから楽ですね」

新人賞をもらったぐらいでは、地元ではニュースにもならないのだ。そう言うと、

「いいなあ。ぼくもいつか東京を離れて、どこか地方の町に住みたいと思ってるんだ」

と、色川さんは言った。

有馬邸の集まりには、三、四回も顔を出しただろうか。金沢から上京して、たまたま

集まりがあるときに参加する程度だったから、なんとなく外様扱いだった。それでもいろんな書き手の顔を見るのは刺戟になった。高井有一、高橋昌男、萩原葉子、中山あい子、後藤明生、森内俊雄、室生朝子、渡辺淳一、佃実夫、梅谷馨一《うめたにけいいち》、そしてまだ学生だった立松和平さんなどもいたし、ひょっこり三浦哲郎さんが顔を出したこともある。

まだその頃は、色川さんが麻雀の世界で一家をなしていることを私は知らなかった。都会っ子である色川さんと、九州から上京した田舎者の私が、共通の話題などあるはずがなかったが、なぜか帰るときは一緒だった。

時代の寵児となって

やがて阿佐田哲也の名前が、一世を風靡するようになる。『週刊大衆』に連載した『麻雀放浪記』が若者のバイブルのように読まれ、小島武夫、古川凱章とともに結成した麻雀新撰組のリーダーとしてメディアの脚光を浴びることとなった。

当時の麻雀ブームは、いまの人たちには想像もつかないことだろう。週刊誌はこぞって有名人麻雀大会の記事をのせ、テレビでも麻雀が一つのジャンルとして定着した。女優さんも、作家も、ミュージシャンも、映画人も、麻雀をやらない者は人にあらず、といった雰囲気だったのである。加賀まりこ、岸田今日子、吉行和子、冨士眞奈美、などの華やかな女性雀士の登場などもあって、麻雀が国民的スポーツとして脚光を浴びた時代だった。

地味な純文学作家、色川武大としてではなく、時代の寵児としての阿佐田哲也とつき合うようになったのは、その頃からだった。

かつての痩せた狼みたいな文学青年の面影はなく、体型も堂々として風貌も精悍さに満ちており、笑顔にも明るさがあった。

その頃の麻雀界は多士済々だが、ひときわ華やかだったのは、雀聖阿佐田哲也と、名人小島武夫の二人だろう。小島さんは私と同じ福岡からの上京組だったから、なんとなく親しみがあった。

ある日、雑誌社主催の麻雀大会の席で、ゲスト観戦者としてきていた小島さんが、ちょっとお願いがあります、と言う。別室で話をきくと、

「こんどレコードを出すことになりまして」

「えっ、あんたが」

「頼まれたけん、断りきれんです。そこでイツキさん、詞を書いてもらえんですかね」

「うーん」

小島武夫さんは麻雀界の一方の旗頭だったが、いろんな風評もあった。だが、私はどことなく九州人らしいいい加減さが嫌いでなかったので、迷いながら引き受けることにした。

しかし、どうせ洒落でやることだから、普通の詞を書く気はない。

「どんな詞ができても文句を言わないと約束するなら書いてもいいよ」

「約束します。どげな詞でもよかですけん」

と、いうわけで頭をひねって二曲の詞を書いた。

『おれはしみじみ馬鹿だった』

と、いうのがそのA面のタイトルである。作曲を菊池俊輔さん。私とは古くからのつき合いだった。

やがて小島さんの歌はリリースされたが、ヒットすることなく終った。私に言わせれば歌が下手すぎたからである。小島さんは、むしろ詞に問題があったと思っていたにちがいない。

二人で北海道に〝逃亡〟する

阿佐田さんとのつき合いは、もっぱら麻雀の席だった。赤坂の「乃なみ」という旅館での集まりだったが、吉行淳之介さんをはじめ、ほとんど作家の集まりである。阿佐田さんはナルコレプシーの持病に悩まされながら、実によくつき合ってくれたものだと思う。途中でしょっちゅう睡魔におそわれる阿佐田さんに、「ホラ、阿佐田さん」と声をかけて起こすのが私の仕事だった。

ある時、阿佐田さんと北海道へ行くことになった。当時、動物王国の王様だった畑正憲さんと麻雀をやろう、というのが目的だった。いま考えてみると、お互い締切りに追われて、どこかに逃げだそうと考えたのかもしれない。当時は、よくカンヅメになった作家が逃亡し、各社から手配の知らせが届いたものだった。野坂昭如が博多に逃げた話は有名である。そういう時代だったのだ。

とりあえず阿佐田さんと北海道行きの飛行機に乗った。着いた空港からタクシーで気が遠くなるほど長距離を走った。どこまでいっても見渡す限りの原野である。途中、鉄道の線路と並行して走っていると、眠っていたと思っていた阿佐田さんが、ふと声をかけてきた。

「五木さんは、昔、なにになりたいと思っていたの？」

「さあ、戦時中だから戦闘機乗りになるのが夢だったな」

「ぼくは普通の職業につきたかった」

と、阿佐田さんは窓の外の鉄道の線路を目で示して、

「ほら、鉄道のレールを保線する人っているじゃない。ツルハシを持って一日ずっと働いている人」

「うん」

「ああいう仕事とか――」

しばらく考えて照れくさそうに笑って言った。

「それとか、郵便配達の人とかね。そんなふうに単純に世の中のためになる仕事をしたいと思っていたんだ。今でもそう思うけど」

「ふーん」

しばらくして私が余計なことを言った。

「鉄道保線の人にしても、郵便配達の人にしても、最近は労働組合員としていろいろ厄介なことがあるんじゃないのかな。単純に世のため、人のためというわけにはいかないと思うけど」

「そうか。そうかもしれない」

当時は労働組合が強くて、争議とかいろんな問題が大きなニュースになっていた時期だったのである。

畑さんのお宅に着いて、挨拶もそこそこに麻雀をやりはじめた。地元の人をひとり、すでに呼んであったのだ。お互い近況を語り合うこともなしに、ただ麻雀をする。畑さんのアダ名は「北海道の歯グキ熊」という。「ロン」といって上がるときに歯グキをむきだしにして笑うからである。

雀聖と称される阿佐田さんは、どうして私たちの素人麻雀につき合ってくれたのだろうか。それも勝ったり負けたりの麻雀である。麻雀を終えて、帰ってきた。

阿佐田さんとは、一度も小説の話などしたことがなかった。『話の特集』に連載していた『怪しい来客簿』を私は愛読していたが、そのことに触れたこともなかった。

阿佐田さんが亡くなった後に、一関のジャズの店にいったことがある。晩年、阿佐田さんはその町に永住するつもりだったらしい。店の片隅に阿佐田さんの遺品のジャケットがぶらさげてあった。

その服の袖口に触ると、不意に三十代のころ中央線沿線の駅への道を、黙って一緒に歩いたときのことが思い出された。

〈金沢はどうですか〉

と、きいた色川武大さんの声だった。

〈ぼくもいつか東京を離れて、どこか地方の町に住みたいと思ってるんだ〉

あのころ有馬邸で顔を合わせた人たちも、ほとんどもういない。

第四章　薄れゆく記憶

記憶の曖昧さについて

人の記憶は、いったいどの位まで幼児期にさかのぼれるのだろうか。

私の知人の一人に、一歳の時の記憶があざやかに残っている、という人がいる。一歳の誕生日のお祝いに、親戚の人が子ども用の三輪車をプレゼントしてくれたというのだ。そのサドルの上にデパートの贈答品ののし紙がついていたのを、はっきりと憶えているそうだ。はたして本当かどうかわからないが、一歳の時の記憶というのは、あまり聞いたことがない。

昔の文豪の中には、産湯を使ったときの記憶がある、という人もいた。二、三歳の頃の記憶について語っている作家は少なからずいるようだ。

記憶というものは、永久に脳内の海馬に保存されているものだろうか。もしそうなら、繰り返し努力しているうちに、忘れていた様々な記憶が一斉によみがえる可能性があるのかもしれない。

加齢の不安の大きなものは、頭脳の衰えである。分析力とか総合力とかいったものよりも、いわゆるボケが気になるのが当然だ。

アルツハイマー病とまではいかないまでも、すべての面で知力が低下してくるのが怖い。脳力の低下は、すでに四十歳ぐらいから始まっているという。もちろん個人差はあるだろうが、それは事実である。

私も六十歳を過ぎた頃から、電子辞書のお世話になる回数が異常に増えた。パソコンを使わず、まだ時代おくれの原稿用紙に手書きなので、しばしば漢字が出てこないのだ。イメージでは書けるが、正確な字画が曖昧なのである。

しかも同じ漢字を何度も引いて確かめなければならないのはなぜだろう。残念ながら再生能力だけでなく、記録・定着能力も衰えてきているとしか考えられない。

最近の新聞記事にも、アルツハイマー予防のテーマがしばしば登場する。世界では競ってアルツハイマーの予防薬、治療薬の開発に狂奔しているらしい。しかし、まだ決定的なエビデンスは確立されていないようだ。ペニシリンのような特効薬が発見されるのは、まだまだ先のことと考えるしかない。

そうなれば自分で何かの対策を考える必要が出てくる。

私が子どもの頃は、手の中にクルミの実を二つ握って、カチカチと音を立てている老人がいた。一体なにをしているんだろうと、不思議に思ったものだった。

今にして思えば、たぶんあれは手の指を活性化することで、高血圧や認知症を予防する療法というか、手法ではなかっただろうか。たしかに手の指を活性化することで、何か良い効果が期待できるのかもしれない。

ある有名な評論家が、一日に最低四人と言葉をかわすことがよい、と専門家に言われたという。一日中ずっと会話なしで過ごす生活からボケが始まるというのだ。

その先生は、早速、知らない人と言葉をかわすノルマを自分に課したらしい。毎日、家族以外の四人と会話をすることにチャレンジしたのだ。

ところが、これが意外に難しい。レストランなどでウェイトレスに「きみはどこの出身なのかね」と話しかけたら、変な顔をして無視されたという。新聞勧誘の人も最近はあまりこなくなった。お店の店員さんと会話をすると、結局、不要な買物をしてしまう。

「一日四人のノルマは大変だよなあ」とため息をついていたのがおかしかった。

アルバムを持っていない

ある時、編集者から昔のアルバムの写真を貸してもらえませんか、と言われて絶句した。考えてみると、私はアルバムというものを持っていない。空襲で家を焼かれたり、地震やその他の災害にあわれたかたたちもそうだろうと思う。

敗戦後、体ひとつで外地から引揚げてきたので、アルバムだの記念写真だのがあろうはずがない。文字通り裸一貫で帰国したからである。

その後、親戚の人や、両親の教師時代の教え子のかたたちから、ときたま古い写真のコピーを送って頂くことがあった。母親の若い頃の写真や、私の幼年時代の写真などである。

しかし、それも出版社にあずけたものが返ってこなかったり、貸した相手が紛失したりして、ほとんどなくなってしまっている。かろうじて雑誌のグラビアなどに再録したものが残っているぐらいだ。

新人作家としてスタートして以来は、ずいぶん被写体となって写真を撮られた。しかし、それもきちんと保存しておかなかったので、四散したままである。

そういう資料を丁寧に整理、保存している同業者も少なくない。それは個人の性格によるものだろう。私の場合、きょう一日を生きる、明日のことは考えない、といったその日暮しのスタイルが身について、何かの記録を保存するという習性が全く失われてしまったのだろう。おそらく敗戦ですべてが無に還ったときのショックが、そんな第二の性格をつくりあげたのではあるまいか。

しかし、写真はあくまで写真でしかない。当時を思い出すトリガーとはなっても、記憶とはどこかがちがうのだ。いや、記憶のほうがデフォルメされているのかもしれない。古いグラビアのページを眺めて、これが本当に自分なのだろうかと思うことがしばしばある。

記憶は必ずしも正確ではない。また記録も絶対ではない。日記や手紙などもそうだ。

むかし京都の大学へ聴講生として通っていた頃、授業で平安期の貴族の生活を教えられたことがあった。当時の貴族の日々の仕事のうちで最も大事なことは、日記を書くことだったらしい。

日記はふつう一日の終りに書かれるものだ。しかし、平安期の貴族たちは、翌日、前の日のことを思い出しながら日記をつづったのだそうである。それは大事な仕事で、そのために一日の多くの時間をついやしたという。

昔の作家の日記を読むのは、すこぶる面白い。それに多くの時間がついやされているからだろう。私も十代の頃は日記を書いた時期があったことを思い出す。

五歳かそこらまでしかさかのぼれない——記憶

自分の記憶をたどってみる。はたして最初の記憶は何歳ぐらいの頃だろうか。

考えてみるのだが、どうもはっきりしない。小学校にはいる前のことを思い返してみても、具体的なイメージがあまり浮かんでこないのだ。

子どもの頃、一匹の犬がいたことを憶えている。名前をチルと言った。よくなついていた犬だったが、何かのはずみに反射的に噛まれたことがある。そのために狂犬病の予防注射を受けに医者に通ったことがあるらしい。自分ではチルという犬と遊んだ記憶はあるが、医院に通ったことはほとんど憶えていないのだ。

小学校に入学する前の写真が、何枚か残っている。当時のことだから鉄兜《てつかぶと》をかぶり、サーベルを持っている。すでに軍国主義の時代にはいっていたのだろう。

その頃、両親が仏壇の前で「正信偈《しょうしんげ》」をあげていると、その声に合わせて部屋の隅で踊っていた、という話を母から聞いたことがあった。

〈キーミョームーリョージューニョーラーイ〉

という「正信偈」の文句は、たしかにリズムをとりやすい。今でいうラップの感じである。たぶん、それが三歳ぐらいの頃ではあるまいか。しかし、本人にその記憶がないのが問題だ。

いろいろ考えてみて、私の場合は、たぶん五歳かそこいらのあたりまでしか記憶をさかのぼることができない。それ以前のことは親から聞いた事が自分の記憶のように残っているだけだ。それでも、このところなんとか少しでも幼児期の記憶をさかのぼってみようと苦心しているのだが、これがなかなかうまくいかないのだ。

初期の記憶は当時の朝鮮の寒村でのこと

小学校にあがる前のことだから、五歳か六歳の頃のことだろうか。

両親とともに朝鮮の寒村に住んでいたことをおぼえている。たしか日本人は、駐在所の巡査夫婦ぐらいで、あとはすべて土地の人ばかりだった。

村で祭りがあって、誰かに連れていかれて見物に出かけた。チャングというのか、打楽器や笛の音が響き、着飾った娘さんたちが大勢いた。広場には高いブランコがしつらえてあり、そのブランコに乗って天高く舞いあがる娘たちの衣裳が鮮やかだった。広場の近くには市場がある。

「イゴ、オルマヨ?」

と、チヂミを指さして私の連れがきく。

「サーシプチョン」
「アー、ピッサヨー」

ピッサというのが「高い」という意味だというくらいは知っていた。当時は日本語が強制されていたのだが、そんな田舎の村では誰もが朝鮮語である。日本語を口にする者は一人もいなかった。

エイのような大きな魚を買って、縄をつけて引っぱって歩いているアボジーがいる。マッコリを飲んで上機嫌な老人もいる。ドラの音が響き、空中ブランコで天空高く舞いあがる娘たちのスカートが花のようにひるがえる。

この記憶の中の風景は、はたしていつ頃のものだろうか。私が五歳のときにソウルへ行って、南京陥落の花電車を見た記憶があるから、その一年ほど前とすれば、昭和十一年（一九三六年）ごろのことだろうか。日支事変と呼ばれた日中戦争の直前になるのかもしれない。昔は数え年（生まれてすぐに一歳と数える）だったから五歳（今の四歳）くらいだったとも考えられる。私の記憶のもっとも初期に属する部類だ。

私たち一家が住んだその村では、夜になるとヌクテがないた。山犬のような、狼のような動物だと教えられて、恐ろしくてしかたがなかった。

夜更けにトイレに起きる。昔の家は便所が廊下をつたって離れた場所にあった。その暗い廊下を通るのがひどく怖かった。ちょうどそこにさしかかったときに、ヌクテの遠《とお》吠《ぼ》えがきこえたりすると、走って寝床に逃げ帰ったものである。オネショと呼ばれる寝小便をするのは、そういう時だった。

母親が「早く京城（現在のソウル）へ転勤しましょう」としきりに父親に言っていたことをおぼえている。やがてその願いがかなって、私たち一家は大都会である京城へ引っ越した。それが昭和十二年のことだったのではあるまいか。

京城でのスケートの記憶

小学校に入学するあたりから、記憶はかなりはっきりしてくる。

京城に移ってからは、南山という高台の中腹の官舎に住んだ。

父親が南大門小学校という学校に転勤したためだ。南大門小学校については、ちょっとした思い出がある。

かつて一世を風靡した梶山季之《かじやまとしゆき》軍団というライターのグループがあった。草柳大蔵グループと共に、雑誌ジャーナリズムの雄だった集団だ。やがて梶山さんは作家としてデビューするのだが、その頃、どこかの酒場ではじめて紹介されたとき、折り目正しく立ちあがって挨拶し、名刺を出されて恐縮したことがあった。

そのとき、

「きみは外地育ちだそうだね。どこに住んでいたんだい」

ときかれて、

「京城にいたことがあります。梶山さんも京城には縁があったんじゃないですか」

と言うと、

「ぼくは南大門小学校だったんだ」

と、ちょっと得意そうな表情をした。南大門小学校は、京城きっての名門校だったからである。

「南大門なら、父が教師をしていました」

と、私が言うと、ひどくびっくりして、

「え？　きみのお父さんの名前は？」

と、体をのりだしてきいてきた。父の姓を言ったが、残念ながら記憶になかったようだった。

私も京城で小学校に入学したのだが、父の勤めている学校ではなく、近所のミサカ小学校という学校に入学した。ミサカが「御坂」だったのか「三坂」だったのか、いまは記憶がはっきりしない。

当時の写真を見ると、髪を坊っちゃん刈りにして、生意気にもダブルのブレザーを着せられている。大都会へやってきたという気負いが両親にもあったのだろうか。

南山の一角に住んでいた小学生のころ、スケート靴をさげて滑りにいくのは、龍山のほうの漢江《ハンガン》だった。

冬はもっぱらスケートに熱中していた。日中戦争のはじまった頃だが、世間はそれほど戦時色一色というわけでもなく、ステーションホテルなどへいくと、ちゃんとした洋食を食べられる余裕があったのだ。家庭には普通のトイレしかなかったが、ステーションホテルには水洗のトイレがあって、びっくりしたことを憶えている。昭和十二、十三年頃のことだろうか。

こうして幼児期から小学校入学までの頃のことを思い返しても、やはり曖昧なところが多く残る。

たとえば、それが何年で何月頃のことであったか、というような点である。両親が健在であった時期に、もっといろいろと話を聞いておけばよかったと、しばしば後悔するのが常だ。余計なお世話だが、若い人たちには親が元気なうちに、父親や母親の思い出話をしっかりききいておくことを、ぜひおすすめしたい。

少年飛行兵になる夢も

先日、ふと昔の写真を整理していたら、母の若い頃の写真のコピーがでてきた。だれか母の知人か友人が送ってくれたものだろう。

その写真には、スカートをはいてテニスのラケットを持った健康そうな若い母の姿が写っている。

たぶん福岡女子師範学校を卒業して、福岡のどこかの小学校に赴任していた頃の写真ではあるまいか。

その若々しい母の姿に、ちょっとした衝撃を受けたものだった。私の記憶の中の母は、すでに中年の地味な恰好をした家庭婦人だったからである。のちにふたたび教職に復帰したときは、黒のスーツ姿の女教師だったのだ。

母にそんな若々しい時代があったのは、一体いつ頃のことだったのだろうか。そして昭和前期の戦争が近づいてくる時代に、テニスなどをやっていた母の青春とは、どのようなものだったのだろう。

私は父と母がどんなふうにして知り合い、どのようにして結婚したかすら、まったく知らない。

私が生まれたのは一九三二年（昭和七年）である。その前年、満州事変があって、私の誕生の年には満州国が建国された。同じ年に五・一五事件がおき、血盟団事件がおこって、前蔵相と三井財閥のリーダーが暗殺された。

もちろん、生まれた当時の記憶は、まったくない。ただ、南京陥落の大祝賀会の騒ぎは、記憶に残っている。街に花電車が走り、提灯行列が延々と続き、花火があがり、人々が歓呼の声をあげて街中をねり歩いていた。

その南京陥落は、一九三七年（昭和十二年）のことである。その年の夏（七月七日）に北支事変という日中両軍の衝突があった。それが口火となり戦争が始まった。私は五歳だったはずだ。

父親は小学校の教師だったが、学生時代からの剣道の有段者だったという。

小倉師範学校の頃は、それなりに剣道の選手として鳴らしていた、というのは本人の話だから当てにならない。

以前、学研の古岡秀人さんというオーナーが、父親の後輩で、剣道部では散々しごかれたとか聞いたことがある。

父は南大門小学校の後、京城から平壌に移った。平壌師範学校の教官になったのは、父としてはちょっと得意な出来事だったのではあるまいか。

平壌に移ってからの私は小学校をいくつか転校した。最初は大同江《テドンガン》に近い船橋里小学校へ、さらにもう一度転校して、山手小学校に移ったのはどういう理由だったのだろうか。

山手小学校は、煉瓦建ての立派な校舎だった。校庭も広く、プールもあり、ポプラ並木の校庭も立派で、すこぶるモダンな小学校だった。

通りをはさんで、平壌一中があった。平壌には一中から、二中、三中まであったような記憶がある。

山手小学校では、教練の時間に木銃をかついで分列行進のまねごとなどをやった。

私はゲートルを巻くのが得意で、教練の時はよく隊長をやらされたものだった。退役軍人の教官は、なにかというと気合を入れる粗野な男だった。気合というのは、ビンタを張ることである。

やがて山手小学校を卒業して、すぐ隣りの第一中学校へはいった。

母親は私の将来の進路について、月並みな希望を抱いていたらしい。中学から高校、そしてどこかの帝大で医学を修めて医師になる。それが母親の理想のコースだったようだ。

だが、私は少しちがった計画を立てていた。子どもの頃から憧れていたパイロットになりたかったのである。

中学二年で海軍の飛行予科練習生か、陸軍の少年飛行兵を受験する。そして一日も早く空を飛びたい。

当時は十五歳から受験の資格があったので、どちらかに進みたいと思っていた。

父親はまたちがうコースを考えていたらしい。幼年学校から士官学校、そして陸大というコースである。自分が学歴のせいで苦労したので、せめて私にはエリートコースを歩ませたいと思っていたのだろう。それも敗戦で夢と化した。

ボケない工夫よりも

「人生五十年」といわれていた時代は遠く過ぎ去り、いまやその後の五十年を真剣に考える必要がある。

前にも書いたが、現代の「3K」は、「健康」「金」「孤独」の三つだろう。

そのなかでも、健康については誰もが不安を抱かざるをえない。

ガンにならない食生活とか、生活習慣とか、いろんな事を言われるが、正直いって実際のところはわからない。ガンになるかならないかは、遺伝子の問題だ、などという説もある。いくら努力しても、なるときはなる。乱暴な暮しを続けて長生きする人もいる。正直なところ、「運次第」といったところが実感だ。

しかし、ボケとなると、これは様々な考え方があるらしい。そもそも八十歳を過ぎれば三人に一人は軽いアルツハイマー病の傾向が出るというのだ。

ガンも怖いがボケるのはもっといやだ、といったら笑われるだろうか。なにしろボケている実感が本人にはないらしいから、そこが難しい。

かつてボケ防止のいろんなグッズが話題になったことがあった。「脳活」などという言葉も流行した。しかし、それも一時の徒花《あだばな》だったようだ。食べ物や運動ぐらいでどうにかなるものでもなさそうである。

と、なると、自分が認知症の初期の兆候がでたとき、それを自覚することが必要かもしれない。自分が多少ボケてきたな、と自分で判断できれば、なんとかそれをセーブする。はたしてそんなことが可能かどうかはわからない。しかし、人間は考える動物なのだ。自分の脳のおとろえを自覚するぐらいは、人間としてできなければ恥ずかしい。自分の行動や発言を冷静に整理、分析する。どこかおかしい、と自覚できれば、それなりの対応策もあるだろう。

ボケを絶対に認めないのではなく、ボケつつ生きる智恵を開発する必要がある。私たちはフィジカルな問題に、さまざまに対処しながら生きている。歯が抜ければ入れ歯をする、脚が悪ければ杖をつく。義手もあれば老眼鏡もある。軽い認知症にも、そんなふうに対応できないものだろうか。後半の五十年を生きるからには、それくらいの智恵が必要だろう。ボケも体の自然の衰えである。それにどう対処すればいいか。

記憶はＡＩで補えばいい

人間は高齢に達すると自然にボケていく。これは病気ではない。変化というべきだろう。

問題はボケない工夫ではあるまい。そうではなく、良くボケることが大事なのではあるまいか。

友人、知人の名前が出てこない、などというのはご愛嬌だ。

「ホラ、あの人、彼はなんという名前だったっけ」

そのくらいなら別に問題はない。筋肉とともに記憶力も衰えるのが当然である。固有名詞が出てこなくなっても、それほど困ることはないだろう。そばの人が助けてくれるはずだ。スマホを使うという手もある。

昨日も「酒はこれ忘憂の名あり」という文句を、親鸞の言葉か蓮如の言葉だったか、わからなくなった。

一緒にいた編集者にたずねても、そんな言葉は知らないという。

「親鸞―忘憂、と続けて引いてみればいいんじゃないかな」

と、彼が素早くｉＰａｄ（アイパッド）をいじると、たちどころに出てきた。『口伝《くでん》鈔《しょう》』の中に出てくる親鸞の言葉だと確認できる。

記憶力はＡＩでおぎなえるとなると、それほど心配する必要はない。

問題は記憶力よりも感情のほうではあるまいか。喜怒哀楽の感情が鈍化する。これが問題だろう。

「いや、そうとも言えないんじゃないでしょうか。逆に感情を抑制できないことのほうが問題でしょう」

と、横から口をはさむ人がいる。

「年をとると、怒りっぽくなったり、やたらと涙ぐむ人がいるじゃありませんか。鈍化よりも感情過多のほうが多くみられると思いますよ」

言われてみれば、たしかにその傾向はある。施設で介護の人にやたら怒りをぶつけたりする高齢者が少なくないとも聞いた。

「本格的なボケというのは、それほど多くないような気がしますけどね。奥さんの顔を見て、あんた、だれ？　などというようになると問題ですけど」

要するに加齢によって衰えるのは、体力、筋力、瞬発力などだけではないということだ。それは自然の能力低下である。病的なボケではない。要は上手にボケることではないだろうか、と考える。自然なボケなら心配はないのである。

ボケの達人を目指してみようか

ある夕刊を眺めていると、認知症関係の記事のオンパレードだ。十五面のトップに〈認知症発症のメカニズム・第3弾〉として大きな記事がのっている。アメフト、サッカー、その他のスポーツで頭部打撲がリスクが高いというニュース。その左側の連載〈ネット情報はウソだらけ〉の見出しは「これで認知症介護は怖くない」。

ダメ押しは十九面の〈認知症・絶対やってはいけないこと・やらなくてはいけないこと〉。

精神科医の和田秀樹さんの寄稿記事である。その日の紙面にこれほどのスペースが割かれているというのは、けだし壮観である。

認知症、ボケがどれほど大きなプレッシャーになっているかの反映だろう。

手もとにある『サンデー毎日』をパラパラめくっていると、ここも認知症だ。〈認知症サポーターになりませんか〉という呼びかけ記事が目についた。

厚生労働省が〈新オレンジプラン〉という政策を推し進めているという。二〇年度末までに一千二百万人の「認知症サポーター」を養成しようというプランらしい。〈認知症サポーター〉の数はすでに累計千万人をこえているとか。

かつて高齢者の期待の星だった日野原重明医師は『生きかた上手』という本を書いて洛陽の紙価を高めた。日野原さんにかわって、私は『ボケかた上手』という本を書いてみたいと思っている。

ボケるのは防ぎようがない。体とともに心も老いる。それは自然のなりゆきだ。しかし、だからといってボケを防ぐことに努力することを私は推めない。

〈どうせボケるなら、上手にボケよう〉

と、いうのが私のモットーである。

ひとことでボケといっても、いろんな種類がある。上手にボケる。世間に和らぎをあたえ、他人に迷惑をかけないようにボケる。〈ボケの達人〉をめざす、というと言い過ぎだろうが、目標は好ましいボケだ。見事にボケた人間を達人という。悟りを開いた聖人とは、上手にボケた老人のことだ。

記憶は重要ではない。スマホ一発で固有名詞は出てくる。多くを発言しなくてもよい。他人の話をよく聞き、適当なあいづちを打ち、なごやかに会話をすすめる。自分の感想はのべるが、決断は他にまかせる。その人が座に加わっていることで、空気が和むような優しいボケが大事なのだ。どうすればそんな「ボケかた上手」になれるのか。「ボケの達人」とはどういう存在か、それが目下のテーマである。

極地でも耐えられるのは、挨拶する人

すべての人間は老化する。

それはエントロピーの真理である。鋼鉄が錆びていくように、人間も錆びていく。それを止めようとしても無理だ。しかし、少しだけ老化をおくらせることはできる。

その老い方、ボケ方に差異があるとしたら、それは何か。

老化をおくらせる、という発想ではない。そうではなく、自然な老化を人間的な老化に変えていくことが大事なのだ。すなわち「ボケかた上手」「老いかた上手」が必要になってくる。

人間は意識の動物だ。何かを心がけて、注意して暮すことで自然のなりゆきを少しは変えることができる。

以前、故C・W・ニコルさんと話をしていて、こんなことを聞いたことがあった。

極地で苛酷な冒険旅行をしているとき、どんなタイプの人が困難な状況に耐えられたかという体験談だ。

ニコルさんいわく。

「吹雪と酷寒の中でテントに閉じこめられて何日も過ごすような状況のもとで、がんばれる人と駄目になる人がいます。朝、ちゃんと『おはよう』と挨拶する人、これは大丈夫。そして毎日きちんとヒゲをそり、身だしなみをする人、これもがんばり抜くことができるタイプです。だらしなくしてる人は、フィジカルには強くても、どこかで脱落しますね」

ボケるというのも、生き方次第で変わるのではないか。無精な格好をしていると、人と会うのがおっくうになってくる。会話をする機会が少なくなり、閉じこもりがちになる。

孤独の中で自然と対話しつつ生きる、というスタイルもあるだろう。しかし、私はやはり人間は人とまじわるほうがいいような気がしている。

有名な『十牛図《じゅうぎゅうず》』で、悟りを開いた人は最後にどうするか。風月を友として山中に過ごすのではない。最後は、「入鄽垂手《にってんすいしゅ》」、すなわち市井にもどり、人ごみの中をフラフラ歩いている姿が描かれている。

考えてみると、故・松原泰道さんも見事に生涯現役の百寿者だった。亡くなる数日前まで街の喫茶店で説法談話を続けていらしたというから凄い。

しかし、必ずしも人とまじわる必要はない。いろんな小説や雑文を読むことも、人とのつきあいである。本を読む。歌をきく。それも上手にボケる大事な方法なのだ。

ボケた人を排除しない社会

一時期、アンチ・エイジングという言葉が流行したことがある。

当時から私は、そのアンチという表現になにか抵抗をおぼえるところがあった。いくらNO！といったところで自然のなりゆきは圧殺できるはずがないのだ。

アンチではなく、「良く年を重ねること」が大事である。アンチ認知症、アンチ・ボケという姿勢に疑問があるのだ。

加齢による認知症のきざしを頭から否定するわけにはいくまい。

ここは一歩さがって、よくボケる工夫が必要なのではないかと考える。

そもそもボケを自覚できないところからボケは始まる。それはわかっているのだが、そこを自覚的、意識的にとらえることはできないだろうか。

「それができれば苦労はないでしょ。本人は気づかないからこそボケというんです」

と、若い編集者のAくんが笑った。しかし、そこをもう一歩踏みこんで何とかしようというのが、目下の私の発想だ。

〈自覚的にボケる〉

〈ボケを意識する〉

そのことで、社会に適応するボケかたが可能なのかもしれないと思う。ボケかかった人間を排除したのでは、これからの高齢社会は成り立たないはずだ。

〈自覚的なボケ〉

〈意識的なボケかた〉

そのへんが、これからの大きなテーマだろう。それはまた、受け入れる側の姿勢でもある。

以前、フィレンツェを訪れたとき、貴金属店に軽い認知症の老人がはいってきたことがあった。こちらは観光客としてカメオかなにかを土産《みやげ》に買おうとしていたのである。そこへやってきたボケ老人を、女店員たちは微笑しながら実に上手に相手をした。そしてトラブることなく店から外へ誘導していく。その自然さと優しさに、ひどく心を打たれたものだった。

そこにはボケた人間を排除しない共生社会、という実感があった。社会保障や介護といっても、限界があるはずだ。私たちは自分もいずれボケる人間として、それを自覚し、より良いボケかたをする心構えとノウハウを身につけなければならない。「ボケかた上手」こそ、今後の高齢社会に必要なノウハウなのだ。こういうことを書きつらねて紙面を埋めることも、ボケの一つの現象かもしれないのだが。

昭和は遠くなりにけり

「昭和」という時代は、ますます回想の中のものになりつつあるようだ。

〈降る雪や　明治は遠くなりにけり〉

中村草田男がこの句を詠んだのは、たぶん私が生まれた昭和七年の前後ぐらいではなかったか。

草田男は明治生まれの俳人である。明治、大正、昭和と三つの時代を生きて、昭和初期の世相にさまざまな感慨があったのだろう。

考えてみると私も昭和、平成、そして令和と、三代を生きることになる。

昭和は歌謡曲の黄金時代である。それは平安末期から鎌倉時代にかけての「今様」の全盛期と比すべき歌の時代だったのだ。しかし、それらの歌が前回の紅白にほとんど登場しなかったことが、強く印象に残った。

平成はポピュリズムの時代だった、と言う人がいる。「反知性主義」が注目されたりもした。この問題に対しては、区別が必要だ。「反知性・主義」と「反・知性主義」とはちがう。

ここにも格差の問題がかかわっている。「知」の特権化、固定化、階級化に対するアンチは、それなりに理由がある。経済の格差が知の格差として、そのまま特権化することへの反撥は当然だ。

平成最後の皇室への参賀者の数は、約十五万人をこえたという。これがこの国の現実である。

昭和二十年の夏、敗戦の報に多くの人びとが皇居前広場に集まった。地にぬかずき、涙を流して皇居をふしおがんだのだ。「わたしたち国民の力が足りないために、戦いに敗れました」と謝罪したのである。

そして戦後、生活難が激化したときには、無数の大衆デモが皇居前広場に押しよせた。米よこせ、が当時のスローガンだった。

そして昭和二十七年五月の血のメーデー事件。皇居前広場は「人民広場」と呼ばれ、内戦さながらの状態だった。外車が引っくり返されて、燃える煙が日比谷の交差点のあたりまで立ちこめていた。いずれも昭和の現実である。

昭和は遠くなりにけり。いまはデジタルな、まったく新しい時代が目の前にある。

漢字再記憶計画

年頭に考えた計画がいろいろある。どれも人様に言えるようなプランでもないが、その中のひとつに「漢字再記憶計画」というのがあった。

私は子どもの頃から、不思議と難しい漢字がスラスラ読めた。教師の子だったせいだろうか。それとも濫読癖のせいか。相当ややこしい漢字でも、かなりの程度に読めたのだ。

しかし、その読み方には、問題があった。字の正しい成り立ちと無関係に、ただイメージだけで読んでいたのである。

そのため、今でも「読めるが書けない」漢字が無数にあるのだ。ふだんなにげなく読みながら、いざ書くとなるとはっきりしない。

昔は電子辞書などという便利なものはなかったので、ほとんどはイラスト的に崩して書いてゴマカシてきたのだ。相手が前後の文脈から正しく読んでくれるだろうと、たかをくっていたのである。

しかし、最近、妙にそのことが気になってきた。なにかというと電子辞書だ。同じ字を何度も何度も繰り返して辞書を引く。引く、というよりキーを打つ。

これをやめようと心に誓った。一日に一字ずつ、適当にイメージで崩し書きしてきた漢字を、ちゃんと書けるようにしたい。

この歳になって、なにをいまさら、と笑われるにちがいない。しかし、なにか一つでもこれまでおざなりにしてきた事をちゃんとやるのは頭の体操にもなるだろう。

と、いうわけで、元旦からやりだしたら、これが呆《あき》れるほど多いことに気がついた。「読めるが書けない字」が、これほどあったとは！

筆頭の一字は「アイ」である。「和気アイアイ」のアイだ。そんなに多用する文字ではないが、これが正確に書けない。

「和気アイアイ」の「アイ」は「藹」である。「和気藹藹《わきあいあい》」と、繰り返し書いたが、次の日はまた忘れてしまった。無駄な努力と人は笑うだろうか。デジタルの時代に昭和人の悪アガキかもしれない。

記憶が遠ざかりやすい時代

あと数カ月で平成が終る——ということを思い出す。

しかし、不思議なことに一つの時代が終るという深く重い感慨が胸に迫ってこないのはどういうわけだろう。

昭和が終るときは、そうではなかった。この国全体に何ともいえない空気が漂っていたのだ。

思うに、それは平成という時代が昭和の半分ほどの時間しかなかったということかもしれない。だが、それだけだろうか。

もちろん、平成の時代にも大きな事件は数多くあった。それにもかかわらず、平成という時代に深刻な傷跡を刻んではいないような気がする。この国をおそった未曽有の災害すら、すでに人々の記憶から遠ざかっているのだ。

それを忘れさせているのは、なんだろう。一つはメディアを含めて、楽天的な明るい空気を醸成しようとする、見えない力が働いているのではないか。

傷口を拡《ひろ》げて、いつまでもその痛みを叫びつづけるのはやめよう、といった暗黙の了解が空気のように漂っていたのだ。

大変なことを深刻に受けとめようとしない。未解決の問題にいつまでもこだわらず先送りにする。もしくは忘れたふりをする。それが平成という時代の特色だったのではあるまいか。

深刻なニュースは手早くパスして、明るいニュースにスポットライトを当てる。その背後の意図は明らかだ。そして人々は考えることや悩むことに疲れている。できるだけ軽やかに笑いながら生きようと願う。

平成ほど〈笑い〉が氾濫した時代はなかった。それに先立つ昭和は〈涙と悲しみ〉を歌う時代だった。『昭和枯れすすき』の歌声は、その暗部を反映している。幸せなんて望まぬが、人並みでいたい——というあの歌詞の一部は、昭和の悲哀を切なく表現している。平成はそんな陰気な世界を忘れて、とりあえず明るさと笑いを追い求めた時代だった。それは要するに先送りということだ。その平成も今は昔である。

令和という時代は、そのツケを清算する時代になるのではないか。借りは返さなければならない。先送りしたツケは払わねばならない。

昭和はとりあえず、戦争の過去を背おって、清算をはたした時代だった。歯を食いしばって払ったのだ。そんな時代が遠ざかっていく。降る雪や——と、ひそかに呟くしかないのである。

本書は、以下の掲載記事に大幅に加筆、修正を加えたものです。

『日刊ゲンダイ』連載「流されゆく日々」
二〇一七年十一月六〜七日
二〇一八年六月十八〜二十二日
二〇一九年一月七〜九日
二〇一九年五月十三〜十七日
二〇一九年十二月二〜六日
二〇二〇年二月十九〜二十一日
二〇二〇年五月十八〜二十二日

月刊『中央公論』二〇一六年八月号

月刊『中央公論』連載「一期一会の人びと」
二〇一六年十一、十二月号
二〇一七年三、四、五、八月号
二〇一九年一、三、四月号

ラクレとは…la clef=フランス語で「鍵」の意味です。
情報が氾濫するいま、時代を読み解き指針を示す
「知識の鍵」を提供します。

中公新書ラクレ
695

回想《かいそう》のすすめ

豊潤《ほうじゅん》な記憶《きおく》の海《うみ》へ

2020年 9 月10日初版
2020年 9 月25日再版

著者……五木《いつき》寛之《ひろゆき》

発行者……松田陽三
発行所……中央公論新社
〒100-8152 東京都千代田区大手町 1-7-1
電話……販売 03-5299-1730　編集 03-5299-1870
URL http://www.chuko.co.jp/

本文印刷……三晃印刷
カバー印刷……大熊整美堂
製本……小泉製本

Published by CHUOKORON-SHINSHA, INC.
Printed in Japan　ISBN978-4-12-150695-5　C1295

中公新書ラクレ　好評既刊

L585
孤独のすすめ
――人生後半の生き方
五木寛之 著

「人生後半」を生きる知恵とは、パワフルな生活をめざすのではなく、減速して生きること。「前向きに」の呪縛を捨て、無理な加速をするのではなく、精神活動は高めながらもスピードを制御する。「人生のシフトダウン＝減速」こそが、本来の老後なのです。そして、老いとともに訪れる「孤独」を恐れず、自分だけの貴重な時間をたのしむ知恵を持てるならば、「人生後半」はより豊かに、成熟した日々となります。話題のベストセラー‼

L651
続・孤独のすすめ
――人生後半戦のための新たな哲学
五木寛之 著

人は本来孤独を恐れるべきものだろうか。あるいは、孤独はただ避けるほうがいいのか。私は孤独の中にも、何か見いだすべきものがあるのではないかと思うのです。（中略）孤独の持っている可能性というものをいま、私たちは冷静に見つめ直すときにさしかかっているようにも感じるのです（本文より）。――30万部のベストセラー『孤独のすすめ』、待望の続編！世に流布する「孤独論」を退ける、真の「孤独論」がここに完成した。

L605
新・世界の日本人ジョーク集
早坂　隆 著

シリーズ累計100万部！　あの『世界の日本人ジョーク集』が帰ってきた！　ＡＩ、観光立国、安倍マリオ……。日本をめぐる話題は事欠かない。やっぱりマジメ、やっぱり英語が下手で、曖昧で。それでもこんなに魅力的な「個性派」は他にいない！　不思議な国、日本。面白き人々、日本人。異質だけれどスゴい国。世界の人々の目を通して見れば、この国の底力を再発見できるはずだ。激動の国際情勢を笑いにくるんだ一冊です。

L613

英国公文書の世界史

――一次資料の宝石箱

小林恭子 著

中世から現代までの千年にわたる膨大な歴史資料を網羅する英国国立公文書館。ここには米国独立宣言のポスター、シェイクスピアの遺言書、欧州分割を決定づけたチャーチルの手書きメモから、夏目漱石の名前が残る下宿記録、ホームズへの手紙、タイタニック号の最後のSOS、ビートルズの来日報告書まで、幅広い分野の一次資料が保管されている。この宝石箱に潜む「財宝」たちは、圧巻の存在感で私たちを惹きつけ、歴史の世界へといざなう。

L614

奇跡の四国遍路

黛まどか 著

二〇一七年四月初旬、俳人の黛まどかさんは、総行程一四〇〇キロに及ぶ四国八十八か所巡礼に旅立った。全札所を徒歩で回る「歩き遍路」である。美しくも厳しい四国の山野を、施しを受け、ぼろ切れのようになりながら歩き継ぐ。倒れ込むようにして到着した宿では、懸命に日記を付け、俳句を作った。次々と訪れる不思議な出来事や奇跡的な出会い。お遍路の果てに黛さんがつかんだものとは。情報学者・西垣通氏との白熱の巡礼問答を収載。

L615

「保守」のゆくえ

佐伯啓思 著

世界の無秩序化が進み日本も方向を見失っている今、私たちは「保守とは何か」を確認する必要に迫られている。そのなかで成熟した保守思想の意味を問い直し、その深みを味わいある文章で著したのが本書だ。「保守主義は政治の一部エリートのものではない。それは自国の伝統にある上質なものへの敬意と、それを守る日常的な営みによって支えられる」と著者は述べる。本書が見せる保守思想へのまなざしは、時に厳しくもまた柔軟で人間味豊かだ。

L616

読む力

――現代の羅針盤となる150冊

松岡正剛＋佐藤　優 著

「実は、高校は文芸部でした」という佐藤氏の打ち明け話にはじまり、二人を本の世界に誘ったセンセイたちのことを語りあいつつ、日本の論壇空間をメッタ斬り。既存の価値観がすべて潰えた混沌の時代に、助けになるのは「読む力」だと指摘する。サルトル、デリダ、南原繁、矢内原忠雄、石原莞爾、山本七平、島耕作まで⁈　混迷深まるこんな時代だからこそ、読むべきこの130年間の150冊を提示する。これが、現代を生き抜くための羅針盤だ。

L617

未来の呪縛
――日本は人口減から脱出できるか

河合雅司 著

人口減少が止まらない日本。少子化は加速し、国家として維持できないほど激減するとの未来予測まである。少子化の背景には、未婚や晩婚化、若者の価値観の変化などが言われる。本書では、明治から現在までの日本の歴史を「人口の観点」から顧みて分析、なぜ、ここまで惨状を招くことになったのかを探った。その一つには戦後、日本の封じ込めを狙うGHQの戦略に人口増加を抑える「人口戦」があった。話題の『未来の年表』の関連補足版。

L620

読売新聞 朝刊一面コラム
竹内政明の「編集手帳」傑作選

竹内政明 著

読売新聞 朝刊一面コラム「編集手帳」の執筆を退いた竹内政明氏の最後のコラム集。勝った人より「負けた人」に、幸せな人より「日の当たらない人」に寄り添い、人々の心の襞に分け入る当代きってのコラムニストによる自選121編の「傑作選」と、ラクレ未収録分30編を収録。「泣けるコラム」で多くのファンを魅了してきた竹内氏の珠玉の作品集。「編集手帳」執筆にかける思いを語った日本記者クラブ賞受賞記念講演会の講演録も収録。

L623

中国の世界遺産を旅する
――響き合う歴史と文化

湯浅邦弘 著

悠久の歴史を誇る中国には、その文化や思想の精華である世界遺産が数多く存在し、それ自体が素晴らしい歴史の教科書になっている。本書ではそのうち七件を精選、歴史的背景をふまえながら、それぞれの史跡をたどってみたい。兵馬俑の真の凄さとは何か。殷墟から出た甲骨は何を語るのか。敦煌文書で明らかになった古代の思想とは。万里の長城に現れた皇帝たちの思惑とは。歴史を書き換えた新発見も数多い、世界遺産をめぐる旅にでかけよう。

L624

日本の美徳

瀬戸内寂聴＋ドナルド・キーン 著

ニューヨークの古書店で『源氏物語』に魅了されて以来、日本の文化を追究しているキーンさん。法話や執筆によって日本を鼓舞しつづけている瀬戸内さん。日本の美や文学に造詣の深い二人が、今こそ「日本の心」について熱く語り合う。文豪たちとの貴重な思い出、戦争や震災後の日本への思い、そして、時代の中で変わっていく言葉、変わらない心……。ともに96歳、いつまでも夢と希望を忘れない偉人たちからのメッセージがつまった対談集。

L627

歳を取るのも悪くない

養老孟司＋小島慶子 著

私たちはいつまで働き続けなければいけないの？　仕事が辛いときはどうしたらいい？　定年後は何を支えにすれば？　なぜ自分の気持ちをわかってもらえない？　夫婦関係って変わっていくもの？　人付き合いって億劫にならない？　老後のお金の心配は？　人生百年時代に不安でいっぱいの小島さんが、「年を取るっていいものです」と言う養老先生に率直な疑問をぶつけます。今とは少し違う景色が見えてくる、幸せに生きるためのヒントが満載です。

L630

上皇の日本史

本郷和人 著

外国では、退位した王・皇帝に特別な呼称はない。いったん退位すれば、その権威・権力はすべて次の王・皇帝に引き継がれるからである。ところが日本では、退位した天皇は「上皇」と呼ばれ、ときに政治の実権を掌握してきた。では「上皇」とは、どのような存在なのか？二百年ぶりの天皇の譲位、上皇の登場を機に、上皇の歴史を辿り、現代における天皇・皇室、そして日本と日本人を考えるための視座を提示する。

L632

ビンボーでも楽しい定年後

森永卓郎 著

見た目も若々しい人から一気に老け込んでしまう人まで、「定年後格差」が広がるなか、本書は、年金の範囲内で生活できる技術や態勢を説くとともに、生きがいづくりのヒントを盛り込みました。資産運用、住まいの選択、相続のポイントから、節約術あれこれ、トクする小ネタ集、対人関係の秘訣、ネットの活用まで、具体的知見をお届けします。全81本のまさに知恵の宝庫。本書は定年後を楽しむためのノウハウをまとめた現代人必須の一冊です。

L633

老いと孤独の作法

山折哲雄 著

人口減少社会、高齢社会を迎えたいまこそ、人間の教養として、「一人で生きること」の積極的な意味と価値を見直すべきときではないか。歴史を振り返れば、この国には老いと孤独を楽しむ豊かな教養の伝統が脈打っていることに気づくだろう。西行、鴨長明、芭蕉、良寛、山頭火……。宗教学者として、日本人のさまざまな生と死に思いをめぐらせてきた著者が、みずからの経験を交えながら、第二の人生をどう充実させるかを考える。

L635

大人のための儒教塾

加地伸行 著

古来、農耕民族として生きてきた日本人には、祖先を敬い、互いを尊重し、助け合うという文化が根付いていた。そのあり方は、儒教の思想と深く親和してきた。お墓、位牌、仏壇、そしてお盆やお彼岸といった先祖供養などは、本来の仏教でなく、儒教に由来するものだ。本書は、儒教を歴史的に繙きながら、家族のあり方や冠婚葬祭、死の迎え方、老後の備えなど、人生百年時代をよりよく生きるための知恵とヒントをやさしく解説する。

L641

医療費で損しない46の方法

原 昌平 著

イザというとき、おカネの不安を少しでも解消するには？　医療を含めた社会保障、社会福祉の制度はたいへん複雑で、しかも自分から申請や請求をしないと利用できない仕組みになっている。たとえその人が要件を満たしていても、利用できることを知らなければ損してしまうのだ。これからの人生百年時代に自分と家族を守るため、医療費の節約と公的給付の獲得について必ず知っておきたい最新情報をわかりやすくまとめた必携の一冊！

L642

江戸暮らしの内側
―快適で平和に生きる知恵

森田健司 著

少ない物的資源を有効に使い、無駄なく再利用していたこと。狭くプライバシーも制限された住居に暮らしつつも近隣の人々とうまく付き合い、和やかな人間関係を築いていたこと。そして、しっかりした教育を受け、よく本を読んでいたこと。「与えられた場で懸命に生きる」人生を自然に送っていたこと。こうした江戸庶民の生の「内側」を本書は幅広く捉え、さまざまなエピソードとともに紹介していきます。快適で平和な「日常」にようこそ！

L649

入門！ 自宅で大往生
―あなたもなれる「家逝き」達人・看取り名人

中村伸一 著

人の最期は、〝延命か否か〟の簡単な二元論ではない。食べられなくなったとき、息ができなくなりそうなとき、心臓が止まりそうなときはどうすればいいのか。同居家族がいない場合は。かかりつけ医との付き合い方は……。「家逝き」を望む本人と看取る側は何に備えればいいのか。「村」唯一の医師として在宅医療、介護、看取りを支援してきた経験から四つの「家逝き」の極意を伝授する。国が推進する在宅時代の現実的な「解」を提示する。